Littérature d'Amérique

Corps célestes

Du même auteur

Les Larmes d'Adam, Montréal, Québec Amérique, coll. Littérature d'Amérique, 2004.

Robert Maltais
Corps célestes

roman

QUÉBEC AMÉRIQUE

Catalogage avant publication de Bibliothèque et Archives Canada

Maltais, Robert
Corps célestes
(Littérature d'Amérique)
ISBN 2-7644-0460-3
I. Titre. II. Collection: Collection Littérature d'Amérique.
PS8626.A47C67 2006   C843'.6   C2005-942071-5
PS9626.A47C67 2006

 Conseil des Arts
du Canada   Canada Council
for the Arts

Nous reconnaissons l'aide financière du gouvernement du Canada
par l'entremise du Programme d'aide au développement de l'industrie
de l'édition (PADIÉ) pour nos activités d'édition.

Gouvernement du Québec – Programme de crédit d'impôt pour
l'édition de livres – Gestion SODEC.

Les Éditions Québec Amérique bénéficient du programme de subvention
globale du Conseil des Arts du Canada. Elles tiennent également à
remercier la SODEC pour son appui financier.

Québec Amérique
329, rue de la Commune Ouest, 3ᵉ étage
Montréal (Québec) Canada H2Y 2E1
Téléphone: (514) 499-3000, télécopieur: (514) 499-3010

Dépôt légal: 1ᵉʳ trimestre 2006
Bibliothèque nationale du Québec
Bibliothèque nationale du Canada

Mise en pages : Andréa Joseph [PageXpress]
Révision linguistique : Diane Martin

À mes sœurs et frères, Gisèle, Carmelle,
Jocelyne, Gratien, Guy, Égide
et à mes parents, Marguerite et Lionel.

Dieu créa l'homme et la femme
à son image,
À l'image de Dieu il le créa;
Mâle et femelle il les créa.

Genèse 1, 27

Cela est une grande chose que de renoncer
à son vœu le plus cher, mais c'en est une plus
grande encore de le conserver après l'avoir
abandonné; il est grand de saisir l'éternité,
mais il est plus grand encore de recouvrer
le temporel après y avoir renoncé.

Sören Kierkegaard

1

Claire : automne 2000

C laire pousse sa bicyclette jusqu'en haut du muret. Elle s'éloigne de Jamblet, toute fière de son panier d'huîtres et de pétoncles.

Le petit bout de terre isolé du continent retourne hors du temps pendant la saison morte. On vit lentement. Ce paisible troupeau de cent personnes ignore l'urgence. Entre les îles de Ré et d'Oléron, on a éprouvé l'agitation de la célébrité au temps de Napoléon. Depuis, on exploite paresseusement des restes de gloire. On n'a pas beaucoup d'ambition sur l'île d'Aix. On possède davantage. Un microclimat rend même l'hiver plus doux. L'exiguïté du lieu et la tête dure des Aixois découragent les développeurs vampires.

Claire pourrait ne pas gagner sa vie. Fille de riches, elle a tout de même choisi de ne pas dépenser l'argent de ses parents. Son unique petit frère, victime d'une crise mystique, est enfermé. Il ne vit pas à l'asile, mais dans un monastère. Claire ne veut pas voir la différence. Elle n'a pas encore rendu visite à Ouriel*. Il lui demande d'attendre.

---

* *Les Larmes d'Adam*, Québec Amérique, 2004.

Les parents sont de Lausanne. Leur père a hérité de son père qui avait fait de même. Ils sont responsables de l'entretien des voies ferrées de la Confédération. On ne peut pas imaginer une entreprise plus solide et moins angoissante. Thomas Thiercy roule sur l'or. Comme il n'y a pas de justice, il est aussi intelligent que généreux. Le Suisse n'a qu'une grosse pierre dans son jardin secret.

Sa femme jouit d'un humour noble et cinglant. Sa douleur la rend généreuse. Elle ne connaît qu'un seul être doté de plus d'esprit qu'elle : Dieu.

Pour qu'une femme belle, intelligente, ouverte et simple comme Madeleine ait épousé un homme riche, généreux, sensible et aussi tordu que Thomas Thiercy, il faut vraiment que Dieu sache s'amuser !

Ce n'est pas le désastre de son mariage qui la fait croire en Dieu. Elle a la foi parce qu'elle rit, dans ses larmes, de sa misère de riche. Cette capacité de transcender une catastrophe, de la relativiser jusqu'à éclater de rire, ça doit s'appeler de la miséricorde. Bien sûr qu'elle ne comprend rien ! Mais elle le sait… Et ça, c'est formidable, magnifique, divin.

Elle suit le conseil de saint Jean de la Croix : « Pour aller là où tu ne sais pas, va par où tu ne sais pas. » Elle marche vaillamment et, quand la fatigue lui met le rire en berne, elle sait où se poser pour retrouver le goût de vivre. Madeleine juge le désespoir indécent et vulgaire. Seul le burlesque exprime le tragique.

Si les enfants ont souffert de la situation, c'est à cause de la pression sociale. Dans un pays où l'on répond « Et toi ? » quand on demande « Comment ça va ? », le noir sur blanc fait tache.

❨

Depuis l'enfance, Thomas Thiercy, cet homme pourtant comblé, entend hurler les sphères.

«Cette musique déchirante, c'est Satan qui pleure devant la beauté du monde […]. Ainsi en va-t-il de toutes les créatures aviliés: la pureté des choses fait saigner de regret tout ce qu'il y a de mauvais en elles.» Effondré, il tient tout de même un livre: *Balthazar*, de Michel Tournier. Perdu dans sa tête, face au lac Léman, Thomas ne le voit plus. Il ne juge pas davantage. Il sait seulement ce que le désir a éveillé en lui.

☾

Le livre sur les genoux, Thomas sanglote avec la Callas.

Il ne voit pas Claire.

— Papa!

Thomas accouche de son secret sans savoir à qui il confie ce que Madeleine n'a pas supporté. Il raconte comment le cuisinier de ses parents l'avait d'abord assis sur sa cuisse pendant qu'il avalait une meringue.

Tout à son plaisir, il n'avait pas bien saisi pourquoi la jouissance grandissait pendant qu'il se régalait, les yeux fermés. Tout en le faisant sautiller — vibrer serait plus juste —, Alfred avait approché une main de l'entrejambe de Thomas. Il ne le touchait pas tout à fait, mais Thomas s'était senti envahi par la chaleur. Le dessert englouti, il avait reçu en riant le bisou qu'Alfred lui posait dans le cou. Qu'est-ce que c'était bon, la meringue!

Maintenant, Alfred était son ami. Le cuisinier français aimait les enfants. Thomas était un enfant. C'était formidable.

— Merci, Alfred le cuisinier. Compliment au chef!

Le petit bout de trois ans avait filé dehors en poursuivant le chaton tout gris qu'il appelait Filou.

— Filou! Ici, minou! Toi aussi, tu auras de la meringue. C'est bon, la meringue.

Alfred avait sorti le lapin du frigo. La lame du couteau chinois avait fendu l'air, le cou du lapin et pénétré le bois de l'îlot. La vie n'est pas toujours subtile.

☾

Claire ne respire plus. L'adolescente disparaît pour écouter. Trop pris par son malheur, le père ne réalise pas que c'est sur sa fille qu'il déverse l'excès de sa souffrance.

☾

Lentement, le cuisinier a soumis Thomas. Pendant toute sa petite enfance, les mercredis après-midi sont devenus une initiation à l'enfer. Le gros Alfred ne forçait pas l'enfant. Il lui apprenait la reconnaissance. Il lui enseignait à échanger les plaisirs. Il salissait le gamin lentement, de semaine en semaine. C'était leur secret.

☾

L'été de ses treize ans, Thomas allait à la piscine tous les jours. Il admirait les corps longs et souples des nageurs.

En rentrant sous la douche pour se débarrasser du chlore, il se troubla. Son jeune voisin sifflait sous le pommeau, juste à côté. Quand l'adolescent se tourna vers Thomas, sa verge à demi gonflée émut Thomas. Il sentit la chaleur envahir son entrejambe. Son cœur battait plus vite. Il avait honte, mais il ne pouvait pas le nier : il avait envie de toucher. Ils étaient seuls. L'autre s'approcha, le regard bas, en tenant un pain de savon. Il était maintenant tout près de Thomas. D'un seul coup, le membre de Thomas se dressa. L'autre lui mit le savon dans les mains. Thomas eut tout de même une prudence bien vaudoise.

— Si le *coach* nous surprend?

— T'inquiète! Il est là beaucoup moins pour le sport que pour le sperme.

Thomas franchit le seuil de l'interdit. La gorge sèche, le ventre brûlant, il pénétra dans la maison de la jouissance. Le sang honteux battait. Thomas s'activait pendant que l'autre le guidait d'une voix blanche.

Thomas venait de découvrir le résultat du travail de sape du cuisinier: il avait pris goût à ça. Un monde parallèle s'ouvrait. Tout ce réseau d'adolescents se reconnaissait, ils se repéraient dans le vestiaire après la partie de foot. Ils se donnaient des renseignements l'un sur l'autre. Certains avaient même des rires de filles. Ce n'étaient pas ceux dont il avait envie. Les goûts de Thomas se précisaient, mais quand il avait joui, il sentait monter la honte et la colère. Il savait qu'Alfred l'avait tordu. Il était divisé, déchiré. C'était le cuisinier qui payait. L'adolescent le terrorisait. Il le menaçait de tout dire. Cependant, Thomas ne le faisait pas chasser. Il aurait fallu trop parler. Il se serait dénoncé lui-même. C'était ainsi que le vrai bourreau tenait sa victime. L'araignée emprisonnait le moucheron dans un filet de culpabilité. Mais Thomas se vengeait autrement, il pousserait Alfred jusqu'au suicide. Déjà, le cuisinier se noyait inexorablement dans l'alcool.

❦

Thomas aurait voulu passer à autre chose. Il avait maintenant vingt-trois ans : dix ans de toilettes publiques, de douches, de sauna ; jamais un amoureux ; il n'en avait pas envie. Pour que le sang daigne l'irriguer, il devait désormais se laisser déraper dans la fange. Il avait besoin des odeurs fauves et des muscles bandés. Il lui fallait du poil et de la barbe, de la peau rude bardée de cuir. Il se noyait pour jouir. Il se laissait étrangler parce que l'approche de la mort le durcissait. Il ne demandait jamais grâce. C'était toujours le partenaire qui s'affolait. Il refusait qu'on l'embrasse. Il vidangeait son sexe et n'avait plus qu'une hâte : se sauver. Son cœur ne vibrait pas.

Quand il voyait une belle femme, il sentait aussi un appel. Mais l'envie n'était pas manifeste ; comme si la ligne était brouillée.

☾

Un beau samedi de juillet, Thomas se retrouve tout près du Jorat, dans un petit village appelé Les Cullayes. On comprend pourquoi : c'est tout à fait reculé. Il participe à la noce de Carmen et de son copain Roger. Celui-ci ne sait rien des coulisses de la vie de Thomas. Il est côté soleil : il ne connaît pas les ombres louches où se débat son ami. La réception a lieu dans une ferme qui fait table d'hôte, bien avant que ce soit à la mode : une belle terrasse, une fontaine ombragée, des géraniums plein de vieux chaudrons, un étang... on se sent bien ! Chemin du Vurzi, sur la colline, on embrasse toute la vallée du regard.

Une jeune femme le surprend. Elle a un naturel si simple, un rire si ouvert, un regard si direct et chaleureux qu'il se dit qu'elle ne peut pas être Vaudoise. Il a vu juste. Madeleine est Savoyarde. Tenant deux verres de blanc, elle s'approche.

— Qu'est-ce que c'est beau !

Surpris par tant de simplicité, Thomas se tourne vers elle. Et il se passe ceci : les yeux mauves de Madeleine lui font un bien qu'il ne croyait pas possible. Une envie inconnue monte : il voudrait l'embrasser. Un grand vent vient arracher la toile et libérer le captif. Thomas a droit à ce miracle.

— C'est magnifique !

— Superbe, en effet.

— Je parle de vos yeux.

Le rire de Madeleine ! Si généreux ! Le cœur de Thomas s'ébranle.

— Venez, séducteur, il nous manque un partenaire pour le jass.

— Je ne sais pas jouer aux cartes.

— Je vous montrerai.

On tire les équipes au sort et il se retrouve avec Madeleine… à croire que quelqu'un veille.

C'est elle qui choisit l'atout.

— Cœur !

Puis, plus tard, elle regarde Thomas.

— Je chibre.

— Pardon ?

— Je n'ai pas de bonnes cartes, alors je vous passe la main.

À la fin de la soirée, il connaît aussi les annonces — si tu as au moins trois cartes qui se suivent —, la plie — quand tu as les quatre cartes *en bas* —, le Bourg de cœur — c'est le valet — et même le stœck : si tu as la dame et le roi de l'atout, tu l'annonces quand tu *descends* ta deuxième carte.

Depuis un moment déjà, Madeleine le tutoie.

Il part de cette noce célébrée à la Ferme du Bon Berger le ventre plein et le cœur habité. Quel bonheur ! Il a envie de

Madeleine. Ses jeux d'enfant, de plus en plus tordus, sont finis. Il n'écoute plus les sirènes de l'enfer. Il aime, enfin !

Ils se fréquentent tout l'été et une partie de l'automne. Madeleine travaille à la Radio Suisse Romande. Elle est productrice. Malgré sa nationalité française, elle a réussi à se faire une place. Quand on a rencontré la belle rousse, on n'a plus envie de la quitter. Thomas lui envoie des fleurs chaque jour. C'est devenu le gag à la RSR ; qu'elle soit à Genève ou à Lausanne, elle reçoit le bouquet quotidien. Il faut dire qu'il ne manque pas d'apôtres, le grand dieu des chemins de fer. Un de ses employés est chargé de la tâche et il a *meilleur temps* de ne pas rater une journée.

(

À la mi-octobre, Thomas invite Madeleine en Grèce. En pleine saison radiophonique, ce n'est pas évident, mais pour eux, il n'y a rien d'impossible ! Il a loué une maison sur l'île de Zakynthos, dans la mer Ionienne. Entre le bateau et l'avion, Madeleine a choisi la mer. Ils roulent donc jusqu'à Ancona et montent sur le navire après les démarches douanières. Tout semble tellement désorganisé dans ce port italien. Et pourtant, à l'heure de lever l'ancre, tout le monde est à bord, *propre en ordre* : miracle de la péninsule. Ils savent vivre, ces Italiens !

Thomas a choisi la meilleure cabine disponible. Il y a deux lits. Madeleine et Thomas n'ont pas encore fait l'amour. Un grand sourire aux lèvres, Madeleine jette son sac sur un lit.

— On va se servir de celui-ci pour les bagages.

De Thomas monte un grand rire chaud. L'odeur si typique des rousses embaume l'habitacle. Thomas a une telle envie de

Madeleine qu'il en est surpris. La douceur de la peau de
Madeleine l'émeut. Quelle belle femme! Les seins accrochés
bien haut, comme de belles pommes, le ventre un peu
rebondi accentue la courbure des reins au-dessus des bonnes
fesses dures de montagnarde… et les yeux! Thomas, qui
n'avait jamais regardé un visage d'homme en baisant, boit le
visage constellé de taches de rousseur. Thomas se donne
enfin.

Ils arrivent sur l'île après une courte initiation au retsina
dans un resto populaire de Patras. Madeleine n'est pas convaincue par ce vin résiné. Thomas plaide pour le vin grec.

— Tu verras. Il faut l'apprivoiser. Avec certains poissons,
il n'y a pas meilleur.

C'est ainsi que, d'initiation en initiation, Madeleine et
Thomas se rapprochent.

Tout au bout de l'île, il a loué la maison d'un ami valai-
san. La plupart des terrasses pour touristes sont fermées, mais
le soleil est toujours ouvert, la mer encore chaude, la grande
plage de Gerakas si déserte qu'ils peuvent s'y allonger nus dans
le soleil couchant. Toutefois, pendant le jour, Madeleine exige
un parasol: limite de la peau des rousses. Après quelques
jours, c'est une déesse dorée qui s'installe sur la terrasse de la
maison à l'heure de l'apéro: c'est si bon, l'ouzo! Puis, ils vont
manger des brochettes d'agneau au village. Le vin rouge du
pays, servi frais, *va bien*. Et surprise des surprises, Madeleine
se débrouille plutôt bien en grec. Comment? Où a-t-elle
appris ça? En Savoie. Une famille grecque venait de s'installer.
Elle a conclu un échange avec eux. Elle leur apprenait un mot
de français par jour contre un mot de grec.

Oh! Que Thomas est amoureux! L'admiration qu'il a
pour Madeleine n'est pas le moindre des ingrédients. Quelle
vitalité! Quel amour de la vie!

Au retour, sur le bateau, dans le petit matin pluvieux, Thomas boit le café avec Madeleine dans un coin abrité, sur le pont avant. Un peu inquiète, Madeleine lui sourit. Il semble soudain si sérieux. Il la dévisage un moment, se lève et s'agenouille sur le métal peint en gris.

— Madame, me feriez-vous le bonheur de m'épouser ?

— Tu es beau comme un gosse de quatre ans.

Le ciel de Thomas se déchire et le gros visage rougi d'Alfred vient lui rire au nez. Un court moment, le jeune homme est désarçonné, mais, heureusement, la voix de Madeleine le tire de là.

— Oui, monsieur, je serai ravie que l'on m'appelle madame Thiercy.

❧

C'est avec plaisir et soulagement que Thomas se marie. L'année suivante, Claire naît : petite boule rose, ronde et bleue. De beaux grands yeux illuminent le visage.

Madeleine plonge, avec délices, dans la maternité. Elle a choisi de ne plus travailler. D'abord, financièrement, elle n'en a pas besoin, mais ce n'est pas l'argument principal. Elle veut rester auprès de Claire, profiter pleinement de sa maternité, avoir le temps de ne rien faire pendant des heures, si ça lui chante.

Alors, s'installe entre Claire et Madeleine une relation qui ne sera pas simple. Elles vivent en circuit fermé. Madeleine espérait d'autres enfants, mais il n'en vient aucun. Aussi, elle accorde trop d'attention à Claire, qui sent peser sur elle le poids de l'oisiveté de sa mère.

Thomas a également beaucoup de temps libre. Cependant, l'attention que Madeleine accorde à Claire le désengage lentement. Il a moins envie de rentrer à la maison.

Pendant quelques années, il se partage entre Proust, Flaubert, le tennis, le ski… et la famille. Madeleine est contente de le voir s'amuser si franchement. Ils invitent beaucoup de gens. Elle aime recevoir. Thomas dispose d'une cave à vin réputée. Ils apprécient la musique et les arts, Claire semble devenir une petite merveille. Tout va-t-il pour le mieux dans le meilleur des mondes?

Ils ne font plus souvent l'amour, mais ils rient tellement! On dirait qu'ils étourdissent un malaise.

☾

Thomas ne se méfie pas de son passé. Pourtant, cette saloperie aime la patience. Elle s'amuse à se faire oublier. Il a bien parfois des montées d'hormones après une partie de tennis, mais il repousse tout de suite cette envie loin de lui. Cependant, dans l'ombre, la pulsion irrésistible attend son heure. Voici qu'un samedi midi, elle l'attire à Ouchy, au siège du comité olympique, pour lui présenter ce sprinter noir américain. Ron Mattis le soumet avant même de lui toucher la main. Éperdu de confusion et de désir, Thomas l'attend au Beau-Rivage Palace. Le Noir le méprise en le sodomisant.

Le fils de famille est beau et pas du tout malingre ou efféminé. Il a laissé l'Américain épuiser sa force pour le dominer à son tour. C'est maintenant la coqueluche d'Atlanta qui en redemande. Thomas, en colère contre lui-même, pince les mamelons du sprinter en le possédant de face. Et l'autre crie.

— *Yes! Holly shit! Yes! Yes!*

Retour en enfer. Quand la place a été vidée, le démon chassé cherche un autre gîte. Comme il n'en trouve pas, il revient sur les lieux anciens, il voit la salle balayée, nettoyée, toute propre. Il va chercher sept autres démons, ils investissent à nouveau les lieux… et la condition de leur victime est pire.

❨

Oui, Thomas a replongé et, plein de rage, il a consenti. Résister? Il n'en a pas la force. Et puis, il se convainc que cela ne fait de mal à personne. C'est son petit secret, quoi! Il est libre et responsable. La famille n'en souffre pas. Il respecte ses besoins «et puis, c'est tout!», se dit le Vaudois en étirant les mots. Ce n'est pas une affaire de sentiments. C'est bêtement hormonal… et révoltant.

❨

Ils n'ont donc pas eu d'autre enfant. Claire sort le plus possible. La gamine prend le pouvoir partout où elle se trouve. Si on fait une raclette, c'est elle qui tient le fromage, elle choisit elle-même les colonies de vacances où elle passe une partie de l'été. Pour la semaine de ski, en hiver, c'est du pareil au même. Elle ne comprend pas sa mère. Madeleine s'est mise à l'écriture. Elle n'essaie pas de publier et accumule les pages. Ce n'est qu'un jeu. Que s'est-il passé avec cette femme? D'une certaine façon, elle a perdu confiance en elle-même. De ne pas se sentir désirée par Thomas la dévalorise à ses propres yeux. Elle croit que c'est à cause de son corps de mère, d'un peu de cellulite, de quelques vergetures… Elle ne sait pas et, pour la première fois de sa vie, n'ose pas parler. De toute façon, elle voit de moins en moins Thomas. Il a appris à piloter et s'est acheté un petit jet. Il a des affaires en Amérique et en Asie, des partenaires au Japon et en Indonésie. Le monde du grand blond des chemins de fer est un Monopoly géant.

☾

Les années passent si vite ! Claire a déjà seize ans. On a pu éviter d'en faire une idole. Curieuse et « contrôlante », la blondinette est un garçon manqué. Mignonne, délicate et cependant solide, elle n'a peur de rien. Toute sa petite enfance, elle a grimpé aux arbres, escaladé les rochers et fait de la plongée au château de Chillon. Elle a la tête dure et ne s'en laisse imposer par personne. Elle sent confusément que quelque chose ne va pas entre ses parents. Elle a posé des questions à Madeleine. Sa mère, pourtant si franche, a esquivé. Car Madeleine est blessée. Elle en est vaguement consciente, mais elle ne veut pas troubler l'eau. Elle craint le pire et ne sait pas du tout ce que ça pourrait être. Alors, elle s'est éloignée de sa fille. Déjà, Claire a pris sa propre vie en main ; puisque l'on ne peut pas faire confiance aux autres, autant se débrouiller seul.

Au sortir de l'enfance, elle a découvert la photo. C'est en montrant ses premières épreuves qu'elle a su que les autres ne regardaient pas. Ils s'extasiaient en découvrant sur le papier glacé ce qu'ils avaient devant les yeux depuis toujours. Alors, à son tour, elle les a vus autrement. Claire sortait de sa coquille. Chacun se débattait dans sa bulle et ratait le monde. À cause de sa mère, Claire était catholique. Elle venait de comprendre ce qu'Il voulait dire par « Qui veut garder sa vie la perdra ».

☾

À la fin des années soixante-dix — ils disent septante —, Thomas est plus présent. Il se sent un peu las. Thomas entre dans la crise du milieu de la vie. Pendant quarante ans, il a cherché à se tailler une place dans le monde. Maintenant, l'heure vient où il cherche une place en lui-même. Il se rapproche de sa famille. Il redécouvre Madeleine : comme elle est belle, comme elle a été patiente. Pénélope a attendu un Ulysse revenant d'un voyage sans noblesse. Jamais Thomas n'a ressenti autant de gratitude. Il se dit qu'il aime sa femme plus que jamais. Il se découvre une énergie sexuelle qu'il ignorait. Madeleine tombe enceinte. Cet enfant la surprend et la réjouit. Cependant, il faudra prendre des précautions pour ne pas le perdre. Elle sort peu. Une hernie discale l'immobilise souvent. Allongée face au lac, elle écrit et lit toute la journée.

Ce nouvel enfant fait aussi plaisir à Thomas. Pour la première fois depuis des années, il n'a pas envie d'une frasque à San Francisco ou d'une escale au Maroc. Il en a marre de ses jeux de vieil adolescent pervers. On dirait que les hormones se calment enfin.

Un bonheur tranquille semble flotter au-dessus du Lavaux.

Au mois de mai 1980, Claire reçoit le plus beau cadeau du monde. En voyant son petit frère, elle sourit jusqu'aux larmes.

— Il est tellement chou !

Elle pourrait être sa maman, qu'elle se dit.

Cet enfant les ramène tous à la maison.

❮

Le meilleur est l'ennemi du bien.

C'est en se relevant de son lit de maternité que Madeleine apprend ce qu'elle ne veut pas savoir.

Installé face au lac, le couple lit, en écoutant de l'opéra, quand le mari choisit de se vider le cœur. Il se raconte d'une traite. Naïvement, il se décharge la conscience.

À la naissance de son fils, il a eu un choc. Il s'est revu à cinq ans, léchant le gros pénis qu'Alfred avait trempé dans la mousse au cassis. Thomas veut ne plus vouloir.

Cette fois, c'est sérieux. Il se dit qu'en se découvrant à Madeleine, il se coupera de toute possible régression.

Très consciente de sa vie de privilégiée, Madeleine n'est pas une mélodramatique. Elle ne juge pas, ne crie pas, ne pleure même pas. Elle saisit simplement le combiné téléphonique.

— Raoul, vous êtes libre? Vous pouvez venir à la maison? Maintenant?

Elle a levé les yeux sur Thomas.

— Je comprends, mais je ne veux pas.

— C'est fini, Madeleine. Depuis la naissance du bébé, je n'ai plus envie de tout ça. Je suis sorti d'un cauchemar.

— Moi, je ne veux pas y entrer, Thomas. Trop, c'est trop! Je ne t'aimerai plus jamais. Je pars d'ici maintenant.

☾

Une belle femme de quarante ans, enceinte jusqu'aux yeux, c'était magnifique. À chacune de ses visites, Raoul se troublait. Le jeune coiffeur espagnol installé à Genève ne savait qu'une chose de façon certaine : cette Madeleine Thiercy lui déchirait les reins. Après l'avoir coiffée, il repartait du Lavaux, livide, étourdi, obsédé. Même s'il savait que c'était impossible, il la voulait plus que tout. Madeleine le voyait. Elle s'amusait du compliment discret, mais le niveau de sa vie amoureuse avec Thomas remontant d'une façon inattendue, elle était trop heureuse pour faire autre chose que sourire. Sa chair enceinte était plutôt paisible.

❧

Cependant, c'est tout de suite à lui qu'elle a pensé en voyant son mari se répandre. Elle a aussitôt perdu quinze ans pour rebondir. Trop de mensonges la séparaient de son conjoint pour toujours. Sa blessure était telle qu'elle n'avait que l'envie de s'envoler loin de Cully, tout de suite, sans Claire, sans le bébé. Il lui fallait sauver sa peau. Maintenant.

❧

Madeleine est dehors, tout au bout de l'allée. Elle monte dans la voiture de Raoul et disparaît dans les vignes.

❧

On peut mourir et continuer à souffrir.

Thomas sait que les mots ne diront plus rien. Alors, il se tait.

❧

Ça y est. Claire est une très vieille femme. Elle aurait besoin d'une autre vie, tout de suite. Son papa d'amour a même la décence de pleurer en silence. Les larmes tombent sur sa veste.

Claire ne se révolte pas. Ce ne serait pas assez. En moins d'une heure, cette nonagénaire de seize ans en a déjà trop vu.

Elle attrape la bouée qu'on vient de lui lancer. C'est Ouriel, son trésor adoré, qui se réveille.

Elle va dans sa chambre, le prend dans ses bras et l'y garde pendant treize ans.

2

Olivier : automne 2000

Il se sent mieux depuis qu'il a accosté ici, le Québécois. Le grand brun quinquagénaire ne semble pas pressé. Arrivé hors saison, on dirait qu'il ne s'en ira plus. Au début, les Aixois avaient conclu au rentier.

Olivier Genest vit seul.

On a d'abord été surpris de le voir entrer dans l'église Saint-Martin, le dimanche matin. Il détonnait dans ce petit groupe de femmes et de vieux. Pourtant, Olivier est tout bonnement croyant. Après des années d'indifférence de surface, Olivier a été suffisamment blessé par la vie pour dépasser le rejet épidermique.

Le Montréalais a besoin de Dieu, tout simplement.

Le regard noyé dans la mer, Olivier cultive si bien son secret qu'il arrive parfois à l'oublier. Au loin, Fort Boyard continue sa vie de star. Heureusement, sa gloire ne déborde pas jusqu'ici.

Dans le soleil de fin d'après-midi, seul dans sa barque, son vieil ami Bono pêche la crevette. Pendant plus de cinquante ans passés en mer, Bono n'a eu qu'un seul ennemi : l'alcool. Il a toujours trop bu. Bel homme, marié trop tôt à une Aixoise magnifique, il a ruiné son couple en choisissant toujours les amis. Un jour, Françoise en a eu marre. Il est rentré de la pêche en haute mer pour trouver la porte de la maison fermée à clé. Il n'y avait jamais eu de serrure.

Il s'est dignement réfugié à l'hôtel Napoléon.

Le lendemain, il s'est pointé à la mairie. Il a abordé le père Bertrand pour le mettre au courant.

— Elle peut pas faire ça! Comment dirais-je? Hum! Hum! Tu as des droits.

Il se plaisait dans ces chicanes de famille, le maire de l'île d'Aix. Lui-même à la retraite, il avait cédé l'épicerie et le parc d'huîtres à son neveu. On l'élisait sans opposition depuis vingt ans. Son mouton noir se tenait devant lui.

— Écoute, Bono. Comment dirais-je? C'est ta maison. Faut discuter.

— On n'a jamais pu, avec la Françoise.

— Ça! Comment dirais-je? Hum! Hum! On vous aura surtout entendus gueuler.

— J'y retournerai pas. Je sais que j'ai mes torts, mais elle est morte, Bertrand. Pour moi, elle est morte. C'est fini, terminé.

— Mais mon pauvre Bono! Tu vas aller où? Tu vas faire quoi?

— Un: je vais nulle part. Deux: je fous plus rien.

— Hé! Ho! Comment tu vas gagner ta vie?

— Ah non, non, non! Pas question de gagner ma vie! Je passe au RMI.

— Mais leur revenu minimum d'insertion, c'est rien. Tu y arriveras pas, Bono. Les maisons sont chères, tu le sais.

— Tu vas m'aider. T'es le maire ou quoi?

Il y avait effectivement une solution. Pour ça, il fallait accepter de rester au pied de l'échelle sociale en dévoilant sans pudeur son indigence.

— Bon! Tu pourrais reprendre la casemate de Gilles, pour un bout de temps. Comment dirais-je? Il est mort y a pas un an. C'est encore en bon état.

Avec l'accord tacite des autorités, on pouvait squatter. Sur la rive ouest, quelques débrouillards aménageaient les casemates abandonnées. Napoléon avait fortifié l'île d'Aix et l'on y conservait de beaux restes.

Ce «bout de temps» du maire durait depuis plus de dix ans et personne ne se plaignait. Françoise et Bono ne se regardaient pas et leur histoire ne regardait personne. L'insulaire est un animal étrange.

Le père Bertrand se réjouissait. Pas du malheur de Françoise et de Bono. Non, c'était un peu son échec. Il avait essayé de les réconcilier tellement souvent. Ce qui lui faisait encore et toujours plaisir, c'était qu'on ait besoin de lui. Il avait la fibre altruiste. Il aimait ses Aixois. Le vieil enfant n'allait jamais plus loin que La Rochelle… et pas souvent! «Le monde vient à moi», se plaisait-il à penser. Il n'avait pas tout à fait tort. L'été, on se retrouvait avec trois ou quatre mille visiteurs.

(

Il est fin, le père Bertrand. Il connaît les hommes. Il sait reconnaître le potentiel d'un gars.

Pendant l'hiver, on a le temps pour tout, sur l'île d'Aix. Ils sont si peu nombreux qu'ils ne forment plus qu'une grande famille avec ses affections et ses chicanes. Alors, un étranger là-dedans, ça demande investigation.

Le père Bertrand prend les devants. Le premier dimanche, en sortant de l'église, il aborde Olivier.

— Comment dirais-je? Hum! Hum! Ça vous plaît ici? Ah! Je me présente: Bertrand Garnier. Je suis le maire.

— Olivier Genest. J'aime la mer.

Un instant désarçonné, le père Bertrand laisse passer un petit rire en cascade qui fait sautiller ses grosses épaules.

— Oh! Vous n'êtes pas le premier. Comment dirais-je? Vous connaissez Pierre Fleury?

— Désolé, monsieur le maire, pas du tout.

— Bon, bon! Suivez-moi, je vais vous le présenter.

Tout en parlant sans rien dire, le père Bertrand entraîne Olivier jusqu'au bout des remparts et sort une clé de sa poche. Il ouvre une porte, fait de la lumière et se tourne vers son invité.

— Voici Pierre Fleury.

Une série de tableaux forment exposition. Pierre Fleury ne peint que la mer… dans tous ses états.

Le père Bertrand explique.

— C'était un marin… — comment dirais-je? — comme nous tous, mais lui a su poser sur la toile ce que nous ne savons pas dire. Voyez! Vous n'êtes pas seul à aimer la mer.

Et la petite cascade de rires dégringole de nouveau.

Olivier ne sait pas comment réagir. Il y a tant de naïveté dans cette peinture que ça entraîne une sorte de respect. Il se demande ce qu'il peut en dire au maire. Il s'en fait pour rien. Le père Bertrand est si sûr de l'œuvre du marin qu'il n'attend pas de commentaire, certain que tous ceux qui ne parlent pas admirent en silence.

— Vous êtes attendu pour déjeuner?

Surpris par la question, Olivier sourit.

— Non, pas spécialement.

— Allez! Je vous invite! On va se préparer des huîtres à la crème. Comment dirais-je? Vous m'en donnerez des nouvelles.

Il est veuf, le bon maire de l'île. Quand on entre chez lui, ça se voit. Et ça se sent! Olivier s'en fout. Et les huîtres sont

délicieuses. Le vin passe bien et le père Bertrand s'avère inta-
rissable. C'est un bon dimanche.

En fin d'après-midi, le bonhomme propose à Olivier de
sortir en mer.

— C'est la marée haute. On va lever les filets?

— Pourquoi pas?

Le père Bertrand amène le Québécois jusqu'à un modeste
entrepôt, tout près de la plage aux Coquilllages.

— Vous avez la même taille que mon neveu, ça devrait
aller.

C'est vêtu comme un vrai marin qu'Olivier monte devant
le père Bertrand dans une chaloupe minuscule. Ils rament jusqu'à un canot à moteur de dimensions respectables, sautent à
bord, accrochent la chaloupe à l'arrière et le père Bertrand
démarre.

— Regardez droit devant vous, autrement…

Ils tournent dans la baie et repèrent des tiges flottant hors
de l'eau. Le marin immobilise l'embarcation, aussitôt
qu'Olivier, obéissant aux ordres, a attrapé les bouées de signa-
lement.

— Oh hisse!

On lève le filet. Il s'agit de décrocher le poisson et de le
lancer au fond de la barque. Ça gîte et ça tangue. Olivier aussi.
Il ne s'est pas méfié et a fixé trop longtemps le fond du bateau.
Quand il lève les yeux, il sent ce qui va se passer.

— Je pense que *j'vas caller l'original*, monsieur le maire.

Le père Bertrand ne comprend pas le québécois, mais la
tête d'Olivier traduit dans toutes les langues.

— Mais non, allez! On repart.

Olivier, debout à l'avant, ne peut plus se retenir.

— Mettez-vous dos au vent!

Le père Bertrand sait bien que le souffle poussera le trop-plein d'Olivier loin dans l'eau.

Et le marin d'eau douce rend les crevettes, les huîtres et les filets de mulet mangés chez le vieux pêcheur.

Le père Bertrand s'amuse. Un rire espiègle fait danser ses grosses épaules.

Il faudra deux jours à Olivier pour s'en remettre. Son estomac chaloupera à chaque pas.

Mais Olivier a gagné bien davantage que le mal de mer. Il s'est fait un ami. Le père Bertrand a aimé la simplicité d'Olivier. Souvent, les néophytes sentent le besoin de s'expliquer, de s'excuser. Pas le Québécois. En parlant du contenu de son ventre retourné à la mer, il a fait rire le marin.

— C'est biblique, monsieur le maire. J'ai rendu à César ce qui appartient à César : les poissons avec les poissons !

Olivier n'a pas eu de père, le maire, pas de fils. Dans les deux cas, une place était vacante.

☾

Installé depuis l'automne 1998 dans le pavillon que louait la Françoise, l'ancienne femme de Bono, le Montréalais aurait lu toute la journée, sans les visites du père Bertrand. Le Québécois, producteur de spectacles pour enfants, en cavale, semblait un peu perdu. Cependant, l'Aixois en chef veillait au grain. Il avait son idée et il attendait son heure. À son âge, il était trop tard pour qu'il soit pressé.

Il l'emmenait à la pêche aux bars et aux mulets. Il l'invitait à manger des huîtres et des crevettes à la maison. Il sortait les photos et les vieux documents accumulés à la mairie. Il l'attirait à la Maison Napoléon, lui découvrait les petits sous-bois où se cachaient les meilleurs bolets. Le père

Bertrand faisait la roue. La machine à séduction tournait à plein régime.

❝

Un matin très ordinaire d'une journée très ordinaire de l'hiver 1999, le père Bertrand passe chez Olivier.

— Alors, le Québécois! Vous dévorez toujours la bibliothèque? Allez! Comment dirais-je? Secouez-vous les puces. Je vous emmène à la pêche.

Il est à bicyclette, le père Bertrand. On tolère tout au plus quelques voitures, sur l'île. Il ne faut même pas une heure pour en faire le tour à vélo.

— Faudrait d'abord passer à Fort Liédot. J'ai oublié ma veste là-bas hier après-midi.

Il aime s'y réfugier pour rêver, le père Bertrand. Ce matin, il a l'œil allumé des grands jours. Alors, il ne regarde surtout pas son Québécois. Il a peur que ça se voie.

De loin, l'endroit ne se remarque pas. Les fortifications sont creusées dans une colline toute verte. Seule une grande porte fermée en impose juste assez. Le père Bertrand marche devant. Olivier entend grincer les gonds. Il avance dans une allée sombre, derrière le vieil Aixois. Puis, c'est le choc. Olivier reçoit un coup de poing au plexus. Il se tient maintenant au milieu d'une place emmurée, ne s'ouvrant que sur le bleu du ciel.

À plus de cinquante ans, il a du métier, Olivier. Un homme de spectacle sait repérer les bons emplacements. Ici, il y a encore mieux. C'est un endroit magique.

Olivier se réveille; fin de l'hivernage. Il tient un projet. Ça part toujours du ventre. Il a besoin de ce direct à l'estomac.

— C'est pas mal, n'est-ce pas? Comment dirais-je? Hum! Hum! Ça vous plaît?

— Vous ne faites rien de ça? Vous dormez sur un trésor, monsieur le maire.

Le père Bertrand jubile. Il connaît son monde. Il sait qu'il a trouvé son fou.

— On sait pas trop. On a bien quelques idées, mais ça va pas très loin. Comment dirais-je? Vous feriez quoi, vous, Olivier?

☾

C'est un départ! Il a branché le Québécois sur cent mille volts. Olivier se lance dans une activité débordante. Bientôt, le maire lui propose un local à la mairie. Quand il parle de salaire à Olivier, le Québécois précise sa position.

— Jamais de salaire, monsieur le maire. Je participe aux risques en investissant mon expertise et mon temps, je participerai aux profits dans la même mesure.

Et Olivier n'y va pas de main morte. Il a toujours aimé travailler. Le plaisir de l'organisation circule dans ses artères. C'est son oxygène.

Le père Bertrand n'arrive plus à dissimuler sa fierté. Il essaie bien de camoufler.

— Comment dirais-je? Ce sont tout de même des Américains, ces Québécois.

Olivier se sent revivre. Il est sur l'île d'Aix pour y rester. Son vieux rêve semble même vouloir se réaliser. Le père Bertrand se débat, comme le bon diable qu'il est, pour le faire naturaliser. Olivier veut un passeport français depuis toujours. Il se sait Européen. Avant de partir, il a vendu sa maison de Pointe-aux-Anglais à un cousin de James Gabriel, l'excellent grand chef du village amérindien, au nord du lac des Deux Montagnes, tout près de Montréal. Il rendait leur terre aux Mohawks de Kanesatake, avec joie. Désolé de les voir se déchirer entre eux, il ne pouvait faire davantage.

Ici aussi, il faut composer avec les clans. Le maire a des ennemis. Pour eux, le Québécois vient de choisir son camp. Tant que les deux hommes ne partageaient que des loisirs, ça n'intéressait personne. Mais si l'idée de l'Étranger se réalise, le père Bertrand sera au pouvoir jusqu'à sa mort. On ne peut pas chasser Bertrand. Reste l'autre. Oh! Pas question de lui faire de mal : juste une bonne frousse, pour qu'il comprenne.

Un vagabond vit dans un coin de Fort Liédot. On laisse faire. Saoul en permanence, il vient acheter ses litres de rouge et quelques boîtes de conserve à l'épicerie pour disparaître avec sa réserve jusqu'au prochain versement du revenu minimum d'insertion, que les fonctionnaires appellent le RMI.

Trois hommes se rendent à Fort Liédot. Ils trouvent le vagabond endormi sur un matelas puant.

— Jeannot! Jeannot!

Le pauvre bougre se réveille. Les gars constatent que ça va, qu'il n'est pas trop saoul. Ils montent la tête à Jeannot.

— Tu sais, le Canadien, il débarque et c'est pas comme en Normandie! Il vient pas chasser les Boches. C'est la chasse au lapin, mon Jeannot.

— T'as une chance, Jeannot, il vient seul ce soir pour te dire de partir avant l'arrivée de la gendarmerie, demain matin.

— On l'a entendu le dire, au Café de l'Océan.

En fait, le lendemain, Olivier doit conduire une délégation du Conseil général de Charente-Maritime. Mais il n'est pas question de chasser le solitaire du fort. Pour le moment, il ne dérange personne. Et Olivier se dit que le père Bertrand, bon gars parmi les bons gars, trouvera un autre gîte pour Jeannot.

— Si tu veux sauver ton trou, Jeannot Lapin, c'est maintenant ou jamais.

Ils lui laissent un litre de marc et repartent.

☾

Et voilà le Jeannot fin saoul qui se cache derrière la grande porte avec un marteau. Il s'est presque endormi quand il entend la voix de l'intrus qui chantonne.

— Passe-Montagne aime les papillons…

La clé dans la serrure, les gonds qui se lamentent, le marteau de Jeannot qui se lève, la porte qui s'ouvre… Jeannot pousse un grand cri de guerre, vise la tête du méchant et le marteau s'abat. Le hurlement a fait reculer Olivier d'un pas. La masse d'acier fond sur la clavicule du Québécois qui tombe sur la pierre sans émettre un son.

— Je l'ai tué! Au secours! Je voulais pas lui faire la peau. C'est un accident!

Le drame dégrise l'ivrogne. Poivrot, il l'admet, mais assassin, ça non, pas lui, pas le Jeannot. Il était si gentil, à la communale. Personne ne savait que sa mère le battait autant quand elle était saoule. «T'as la même gueule que ton connard de vieux, sale bâtard. Je peux pas te blairer, fils de pute!»

Inconsciente du compliment qu'elle s'adressait par le fait même, elle tombait sur le Jeannot qui ne se défendait pas, se sentant coupable de ressembler à son père qu'il n'avait pas connu.

C'est lui ce gars qui est par terre, inconscient.

— Qu'est-ce que j'ai fait? Bordel de merde de trou de bite! À l'aide quelqu'un!

Voici Jeannot, en pleurs, qui file sur le vélo d'Olivier jusque chez le père Bertrand, le seul homme qui a été bon avec lui depuis des années.

Bien dessaoulé, il entre chez le maire sans frapper.

— Monsieur Garnier, votre Canadien a eu un accident. Je crois qu'il est raide.

Le père Bertrand, si nerveux pour des broutilles, demeure toujours calme dans les cas de force majeure. Le bonhomme est un vrai chef.

— Il est où?

— Au fort!

Le père Bertrand passe chez Bono, qui a droit à une auto à cause de ses mauvaises jambes.

Ils roulent vers Fort Liédot. Bono regarde Jeannot.

— T'es pas bourré, toi?

— Je bois plus. Plus jamais. Plus une goutte.

Le père Bertrand est agacé.

— Allons, allons! Ne dramatisons pas!

Ils s'approchent du fort. On entend Olivier qui gémit.

Le maire regarde Jeannot.

— Comment dirais-je? Hum! Hum! Tu entends? Qu'est-ce que j'ai dit? Il est vivant: ne dramatisons pas.

On monte un Olivier très souffrant dans la R 4 de Bono.

— Au *Pierre Fleury*!

C'est l'admirateur numéro un du peintre qui a baptisé le bateau. La vedette est là pour les urgences.

Bono regarde le blessé, puis le maire.

— Faudrait appeler l'hôpital de La Rochelle pour que l'ambulance nous attende à Fouras.

— Juste, Bono! J'ai mon portable.

Jeannot ouvre la bouche.

— J'peux aller avec vous?

Il a sept ans, le rejeté. Il a eu besoin de tout ce qui lui restait de courage jusqu'à la fin de sa vie pour demander cela. À Rochefort, on lui a si souvent cassé la gueule en réponse à cette question.

— Allez, viens! Tu vas pouvoir te rendre utile. Tu resteras près de lui pendant que je piloterai. Et ça va éviter à Bono de passer une nuit blanche.

Bono proteste mollement.

— Oh! Moi, vous savez…

— Mais oui, mais oui. Comment dirais-je? Jeannot fera très bien l'affaire.

☾

Le père Bertrand a passé la nuit à La Rochelle, pendant que l'on examinait Olivier: rayons X et compagnie. À six heures, il est près du Québécois.

— C'est beaucoup moins grave qu'on l'avait craint.

— Je sais. Mais l'immobilité prolongée, c'est pas ma tasse de thé.

— Faudra bien vous y faire, Olivier. Il y a pire. Ah! Le pauvre gamin.

— De qui vous parlez?

— Du Jeannot. Il fonce vers le *delirium tremens*. Il a décidé de ne plus boire. Il est hospitalisé, tout comme vous.

— Ah! Ça, c'est vraiment bien.

Pour une rare fois, une plage de silence s'allonge entre les deux hommes.

— Comment dirais-je? Que s'est-il passé, Olivier? C'est Jeannot qui a fait ça?

Le Québécois sourit au père Bertrand.

— C'est le marteau, monsieur le maire.

Le vieux marin sourit tout autant.

— Ah bon! Comment dirais-je? Il est tombé de bien haut pour vous infliger une telle fracture. Enfin, puisque c'est comme ça, ne parlez plus et reposez-vous.

☾

Olivier Genest se retrouve seul, alité dans un hôpital étranger. De grands pans de sa vie remontent.

Il a quatre ans, il est en visite à Chicoutimi avec ses parents. C'est là que sa maman est née. Ils y vont une fois par année; pas à Noël, à cause du parc qui est trop dangereux en hiver. C'est l'été, le mois d'août. Olivier est à l'exposition régionale agricole, derrière le Colisée. Tous ces engins, conçus dans l'unique but d'amuser les enfants, le comblent. C'est de cette impression qu'est né le projet de Fort Liédot.

☾

Il ne regrette presque rien d'autrefois. Une toute petite chose lui manque parfois.

Au Québec, il lui arrivait de se lever au milieu de la nuit, de monter dans son *char* et de se rendre à l'abbaye cistercienne d'Oka, pour l'office de vigiles. Il s'assoyait au fond de l'église un peu avant quatre heures et regardait entrer les moines en coules blanches. C'était un acte poétique. Ce chœur d'hommes, au plus noir de la nuit, avait chaque fois le même effet. Olivier se retrouvait tout petit, aux vêpres, avec sa maman.

Mais cette belle grosse madame, si molle et si douce, ce n'était pas sa maman. Ce petit monsieur, si maigre et si

nerveux, ce n'était pas son papa. Il était né de parents incon-
nus. Il l'avait appris par accident. On venait d'installer le
téléphone et sa mère y parlait trop fort, pour s'assurer qu'on
l'entendait bien à l'autre bout du fil. Elle était certaine
qu'Olivier n'écoutait pas, qu'il jouait dehors, en bas, dans la
cour.

— C'est sûr que Marcel s'inquiète un peu. On aura beau
bien l'élever tant qu'on voudra : on sait quand même pas ce
qu'on a dans les mains, Massabielle. Une mère qui abandonne son enfant, ça peut pas être une bonne personne, tu
comprends ? Le père, on en parle même pas. S'il y a quelque
chose, il sait pas qu'il a fait un enfant.

Olivier avait filé dans la cabane, au fond du jardin.
Mireille et Marcel Genest n'étaient pas ses parents.

— C'est qui ma vraie mère ? Pis mon vrai père ? Pourquoi
ils me l'ont pas dit ? Si jamais ils apprennent que je le sais, ils
vont pas me garder, c'est sûr.

Olivier avait honte. Il étoufferait la question, conservant
pour lui-même le lourd secret. Il n'avait pas cinq ans et il
venait d'apprendre quand se taire.

Dans la cuisine, Mireille poursuivait.

— Si tu l'avais vu ! Le beau bébé ! Il était déjà gras comme
un petit veau, puis son jumeau… maigre comme un piquet !
Marcel a pas voulu qu'on prenne les deux… pour pas qu'ils
puissent s'entraîner au mal, tu comprends ? Ben, Marcel a
dit : « Les chiens font pas des chats. » C'était mieux de les
séparer. On était bien prêt à aider, mais pas pour se nuire !
Bon ! Massabielle, faut que je te laisse. Marcel va rentrer des
quilles. On soupe de bonne heure.

— Hein ? À soir ? J'emmène le petit aux vêpres.
Elle riait doucement.

— Ben oui, il aime ça! C'est un drôle d'enfant!

Et elle raccrocha dans un roucoulement grassouillet.

Olivier avait retrouvé à Oka le mélange de crainte et de sécurité qu'il sentait, le nez fourré dans la manche du manteau de fourrure de sa maman Mireille. Pendant qu'elle répétait «*Ora pro nobis*» avec les autres femmes dans l'église Saint-Enfant-Jésus, au cœur du Mile End montréalais, Olivier reprenait silencieusement sa propre réponse à la litanie des saints: «Hourra pour la pisse!»

3

Sur les hauteurs de Cully, au milieu des vignes accrochées au flanc de la montagne par des moines au Moyen-Âge, une jeune Vaudoise change de vie. On est en 1980. Dans une immense propriété ancestrale protégée du voisinage, la fille du roi des chemins de fer ramasse les pots cassés du mariage raté de ses parents.

Il est seize heures. Claire ne va pas à la partie de tennis prévue. Son téléphone personnel sonne deux fois. C'est sans doute son amie Virginie qui s'inquiète de son absence. Claire a la même réputation que les chemins de fer fédéraux : toujours à l'heure. Elle n'a même pas décroché le combiné. En fait, c'est de tout le reste qu'elle décroche.

Elle n'a toujours pas quitté la chambre d'Ouriel. Elle prend possession des lieux. La voici responsable d'un tout petit bébé.

Elle a tellement de peine. Elle ne peut pas se laisser aller à ça. Elle descendrait trop bas et ne pourrait plus remonter. Alors, Claire s'accroche à son Ouriel, respire avec lui et garde la tête hors de l'eau.

Thomas a entendu sonner le téléphone, il a bien vu qu'elle ne répondait pas. Il passe à quelques reprises devant la porte entrouverte. Claire est assise devant la fenêtre, le bébé dans les bras. Elle chante doucement. Il n'ose pas les déranger.

Voici Claire en train de changer de vitesse. Elle ralentit. La tête du bébé dans le creux de l'épaule, elle entre dans son rythme à lui. Dorénavant, elle aura le temps pour tout… et d'abord, elle comprend que ne rien faire, ce n'est pas toujours perdre son temps. Élever un enfant, c'est d'abord respecter la lenteur. L'urgence et la croissance ne riment pas.

Elle ne sait pas pourquoi, ne comprend pas ce qui lui prend, mais Claire sait qu'elle sourit dans ses larmes.

Oui, elle chante. Et, dans la peine, tout se met en place. Elle n'aura plus à courir.

Elle a seize ans.

Elle pense : qu'y a-t-il de si exceptionnel à être mère à cet âge ? En Afghanistan, au Burundi, en Mongolie, elle ne serait même pas originale : simplement une parmi d'autres.

À seize ans, on a tellement de force ! Bien sûr, elle est consciente de la situation privilégiée qui est la sienne.

Oui, elle sourit. Elle ne pensait jamais à tout ça. En fait, elle se demande à quoi elle pensait. La réponse l'amuse : elle ne pensait à rien… ou à de si petites choses. Courir les distractions occupait l'essentiel de son temps. Se distraire ! Mais se distraire de quoi ? Ça, elle n'aurait pas pu y répondre. Si ! Peut-être de la course vers l'ambition que l'on voulait lui imposer. Car il fallait se réaliser : surtout dans le travail. Que sa compétence soit reconnue, qu'elle fasse bouger les choses, qu'elle imprime sa marque, qu'elle fasse une différence, qu'on ait besoin d'elle, de son expertise, de ses talents uniques et irremplaçables pour faire… n'importe quoi. Ou plutôt, non, pas pour faire n'importe quoi : pour vendre n'importe quoi. Parce que ça finissait toujours comme ça : il fallait vendre. Et tout le circuit économique enflait comme une baudruche de faux besoins. Elle se préparait à une carrière de publicitaire. Elle avait un réel talent pour les communications !

À seize ans, Claire se retrouve devant un choix que la plupart des femmes occidentales doivent faire à trente. La grande majorité choisit la course. Et là, le bébé devient un obstacle.

Et Claire, dont Ouriel n'est même pas l'enfant, n'hésite pas une heure. Le bébé sur les cuisses, elle entre dans la lenteur et regarde tout autour d'elle, dans la chambre d'Ouriel. Ce sera son domaine pour plusieurs années.

Elle songe à sa mère et ne la comprend pas. Ce n'est pas nouveau : elles pensent différemment depuis toujours. Claire l'agitée et Madeleine la trop placide ne se rejoignaient pas. Quand elle rentrait de trois heures de tennis pour retrouver sa mère allongée sur la même chaise, au même endroit sur la terrasse, elle avait envie de lui hurler de se remuer, *nom de bleu !*

Cependant, dans le canton de Vaud, ça ne se fait pas. On n'en pense pas moins, mais… à quoi bon parler ? «Ça fait du *cheni* et puis c'est tout ! Ce n'est pas aux enfants de montrer à vivre aux parents, *dis voir.*» Le monologue intérieur de Claire lui suffisait.

Le bébé réchauffe le ventre de Claire. Oh ! Oh ! Il faut changer la couche d'Ouriel.

☾

En montant dans la voiture de Raoul, la mère de Claire n'avait pas été repoussée par l'odeur du tabac brun. Madeleine plongea dans les yeux noirs pour voir le sang faire exploser la tête du coiffeur. L'intimité de l'habitacle ne permettait plus au pauvre homme de dissimuler.

— Vous pourriez faire une chose pour moi, Raoul ?

L'Espagnol s'étranglait.

Ce n'était pas toujours vrai, le truc de Boileau : «Ce qui se conçoit bien s'énonce clairement et les mots pour le dire viennent aisément.» Raoul aurait bien voulu l'entendre faire des phrases dans cette situation, le Nicolas. Il aurait aimé le voir s'exprimer *aisément* aux prises avec une érection qui lui remontait jusqu'au fond de la gorge.

— Bien sûr !

Il ne pouvait pas émettre un son de plus.

— Auriez-vous la courtoisie de me baiser jusqu'au trognon ?

Là, Raoul aimait Boileau.

— Le trognon aussi, je vais lui faire sa fête.

Madeleine entendit un rire de femme qu'elle ne connaissait pas. C'était grave et ça faisait sonner les harmoniques.

☾

Raoul savait bien qu'on le trouvait con. Pourtant, il ne l'était pas. Le coiffeur espagnol était simple, voilà tout. On rencontrait si peu de gens qui savaient vivre. Ce n'était pas normal d'être bêtement heureux. Il savait qu'on devait choisir, Raoul. Pour ça, il fallait savoir ce qu'on voulait ; donc, ce qu'on aimait.

Raoul aimait les femmes. Il avait d'elles une envie profonde et toute-puissante.

Né à Genève, de parents barcelonais, il avait compris sa chance à ses premières vacances d'été en Espagne. Il l'avait vue dans les yeux de ses cousines. Le privilégié de la famille, c'était lui.

En revenant au bord du lac de Genève, il avait conservé le regard des enfants catalans, comme un trésor. Il saisissait tout de leur point de vue. Oui, il avait de la chance. Il ne la gaspillerait pas.

Ses parents tenaient un gentil restaurant, à Carouge. Tout de suite après l'école, Raoul les rejoignait. Il montait le vin de la cave, nettoyait les fruits de mer pour la paella, décortiquait les crevettes, alimentait le feu en charbon de bois et promenait un regard gourmand sur les clientes.

Comme il ne s'intéressait pas du tout à l'algèbre, à la géométrie et à l'histoire des quatre cantons, ses résultats académiques le rangeaient chez les cancres. Raoul *s'en tamponnait*.

☽

À l'adolescence, il choisit de faire un apprentissage en coiffure pour dames. Inutile d'aller en cuisine; ses parents lui avaient déjà tout appris.

Les hommes qui aiment vraiment le sexe sont beaucoup moins nombreux que les préjugés sur la puissance masculine. Mais il existe une race d'exception. Au-delà des ordres minéral, végétal et animal, il est un monde génital: ses habitants entendent le chant des phéromones et se reconnaissent à l'odeur. Cet univers manque un peu d'hommes. Les vrais bons amants sont plus rares que les truffes.

Raoul le savait, d'instinct.

Il ne choisissait pas la coiffure mais la proximité des femmes. Les apprentis coiffeurs qu'il côtoyait étaient généralement délicats. Dans le groupe, deux autres garçons se distinguaient: Alfredo, un petit Grec rigolo, et Michel, un Fribourgeois rebelle. Loin de se lancer dans une guerre stupide, les gars avaient fait alliance avec l'Hidalgo de service et partageaient les informations.

Cette belle jeunesse musclée se vautrait dans le stupre et se marrait. Non, Raoul n'était pas du tout bête; juste un peu obsédé. Il possédait un trésor entre les jambes et le partageait généreusement.

Raoul raffolait des femmes un peu mûres. Elles appréciaient à leur juste valeur les qualités du jeune homme.

❬

Dans le salon de coiffure où Raoul se sentait encore comme un éléphant, une voix irritée suivit un bruit de verre brisé.

— Quelle truffe!

À la fin de sa deuxième journée d'apprentissage, Raoul avait cassé un petit miroir. La patronne s'était vivement retournée. Raoul ne voyait que la belle poitrine palpitante.

— Oui, Madame.

Ils étaient seuls. Ému, il s'approcha d'elle et lui prit la main qu'il posa sur sa fermeture éclair. Le regard de Nicole chavira.

— Quelle truffe!

— Oui, madame.

Il passa trois années magnifiques. Pendant qu'elles lui enseignaient la coiffure, le jeune homme apprenait tout des femmes. Elles savaient tellement mieux vivre que les pauvres mâles. Raoul se révélait plus qu'intelligent: il était bien dans sa peau.

❬

D'abord, Madeleine a eu peur. Elle ne savait pas que ça existait. Les membres des hommes étaient donc aussi différents? Chez Thomas, elle avait senti une sorte d'équilibre. La vie s'était exprimée simplement. Mais pour le bel Hidalgo, Mère

Nature avait eu les idées larges. Raoul était fier du si bel attribut. Il se pavanait, nu, dans sa trentaine musclée. Le toréador s'était enfin penché sur la chair rose et tendre qui sentait le savon riche. Il l'avait lentement léchée du cou-de-pied jusqu'au milieu du ciel. Les paupières de Madeleine clignotaient. Raoul ne désarmait pas.

Madeleine assistait au miracle en écoutant le même rire inconnu que dans l'auto. Pourtant, elle savait deux choses : c'était elle qui riait et c'était elle qui accueillait sans résistance l'énorme chose qui se tenait debout sur le ventre de Raoul.

Oui, Raoul la prenait. Elle venait de saisir le sens de l'expression. Elle se donnait, enfin.

C'était donc au moment où elle avait cru tout perdre qu'elle recevait le plus.

Raoul était dur et doux.

Il pouvait joindre la patience à la passion. Il embellissait tout. Madeleine perdait la tête et savait surtout ne pas la retenir. Le rire de la femme enflait, enflait et remplissait Madeleine. Puis, la jouissance explosa. Sa vieille angoisse éclata en mille miettes qui se dissipèrent dans la nuit. L'homme et la femme s'initiaient au bonheur en s'enfonçant dans le sommeil.

☾

Pendant la nuit, Madeleine s'éveilla. Ça sentait si bon l'animal qu'elle sourit dans le noir.

— Ça y est, je suis née dans une étable.

Le bœuf et l'âne dormaient, enfin réunis sous la peau bistre. Raoul soufflait silencieusement. Il ne ronflait même pas, ô merveille !

Madeleine resta éveillée jusqu'au matin. Elle devenait toutes les femmes. Ses pareilles, trompées, brutalisées, prostituées, droguées, violées, excisées l'appelaient. Elle possédait le plus grand privilège du monde : elle pouvait donner.

Elle aiderait les femmes à récupérer leurs corps bafoués. Elle montrerait aux adolescentes romantiques à mordre dans la chair afin d'y puiser la force de ne pas s'atrophier pour séduire.

Elle comprenait la peine de Thomas, mais elle savait aussi qu'on ne pouvait pas aimer une victime. On ne pouvait aimer que quelqu'un qui s'aimait. La victime ne pouvait pas davantage aimer. L'amour était un acte libre. Il fallait d'abord cesser de subir.

Madeleine avait compris. Elle n'allait pas s'arrêter sur une si belle lancée. Elle ne subirait plus rien. Depuis quinze ans qu'elle en avait marre de l'esclavage de la nicotine, elle décida que c'était fini. Elle souhaitait ne plus jamais toucher à une *clope*.

Elle se tourna vers Raoul, allongé sur le dos. Il semblait si bien reposer.

L'Espagnol rêvait : une belle femme de quarante ans était entrée dans son salon de coiffure : une femme enceinte. Il avait tellement envie d'elle ! De tout son cœur !

Sous le drap, au garde-à-vous, un soldat le confirmait.

Madeleine se laissa glisser dans le lit et passa de la cigarette à la…

«

À quelques kilomètres de là, tout comme elle, sa fille emprunte une voie nouvelle.

Un peu avant quatre heures, les pleurs d'Ouriel percent le sommeil de Claire.

Elle court vers la chambre du bébé. Il est mouillé. Elle le

lange. Il pleure toujours. Elle le tient dans ses bras et n'arrive pas à le consoler.

Qu'est-ce qui va pas, mon trésor ?

Il n'a pas de fièvre, il est encore trop petit pour que ce soient les dents. Elle cherche. Et trouve !

— Tu as faim !

Le bébé dans les bras, elle descend à la cuisine pour préparer un biberon.

☾

Thomas est assis à la table. Il boit un café.

— Tu veux que je m'en occupe, Claire ?

— Si ! Prends-le pendant que je lui prépare à boire.

Thomas n'est pas très habile et Ouriel pas très content. La charge de culpabilité de Thomas est si grosse qu'il transmet son malaise à tout ce qu'il touche. Il est si démuni, le Thomas, si perdu, si triste, si seul. Et il voudrait tellement soulager Claire d'une responsabilité qui n'est pas de son âge. Il parle au-dessus des pleurs d'Ouriel.

— Claire, dès ce matin, j'engage une nurse.

D'abord, l'adolescente ne dit rien. Elle a roulé la manche de son pyjama et laissé tomber quelques gouttes de liquide à la saignée du bras pour vérifier la température du boire.

Elle reprend Ouriel et le branche sur le biberon.

C'était bien ça.

Elle se penche vers son père. Le visage tout près du sien, elle règle la question une fois pour toutes.

— Papa ! Tu ne fais pas ça. Je m'en occupe.

Une fois de plus, Thomas constate que la souffrance est un lac sans fond.

4

Olivier quitte l'hôpital de La Rochelle au bout d'une semaine. Il aura le bras gauche immobilisé pendant longtemps. Toutefois, il peut reprendre le travail. Sa logeuse Françoise est aux petits oignons avec lui. Tous les Aixois ont compris que c'est Jeannot qui a fait le coup. Il est dans une clinique pour alcooliques, le Jeannot. Personne ne sait qu'Olivier paye. Même sans savoir cela, ils sont reconnaissants au Québécois de ne pas avoir porté plainte. C'est le fou de l'île, Jeannot. On a besoin de lui : quand on se compare, on se console.

Même les adversaires du père Bertrand sont touchés. Ils finissent par se raisonner : il est vieux, le Bertrand. Au fond, il n'en a plus pour si longtemps avant de bouffer son certificat de naissance. Et puis, ils se disent que cet imbécile d'étranger leur mâche le boulot. On va le laisser se démener et quand le Bertrand aura passé l'arme à gauche, on va le virer comme un malpropre.

☾

Le père Bertrand ne lâche pas Olivier d'une semelle. À cause du handicap de son fils adoptif, il le revêt lui-même de la combinaison de marin de son neveu et, en fin d'après-midi, ils sortent en mer aussi souvent que le permet la marée. Olivier rapporte toujours un beau bar ou quelques mulets à Françoise. La septuagénaire a d'abord cru perdre son locataire. Le Québécois dispose manifestement des ressources pour acheter une maison. Olivier ne veut rien changer à la situation.

— Je suis bien ici, Françoise. Entre la mer et vos yeux, c'est le paradis!

Sous une tignasse grise ébouriffée, deux rayons bleus lui sourient.

Il la voit, fière et solitaire. Active du matin au soir, Françoise travaille comme un homme solide. À la brunante, elle rentre un peu courbée.

— Ah! C'est le dos! Vous savez, Olivier, vieillir est une belle saloperie.

Mais lui sait bien que sa peine vient d'ailleurs. Elle craint pour ses petits-enfants. L'île change. Déjà, l'aîné de son fils a fait un séjour en clinique de désintoxication. Elle souffre en constatant que cette saleté ne les épargne pas, qu'ils veulent vivre à une vitesse folle en s'étonnant de virer fous.

À l'autre extrémité, elle regarde son Québécois et ne comprend pas davantage. Elle ne l'a jamais vu commettre un excès. En deux courtes années, il est devenu Aixois. Quand Olivier obtiendra la nationalité française, le père Bertrand organisera une fête à la mairie.

☾

L'idée qu'un homme en pleine force de l'âge vive sans femme dépasse Françoise. Elle connaît la vie. Si Olivier aimait les garçons, elle le saurait.

Françoise se lève en même temps que le soleil. Elle boit le café en regardant Olivier revenir seul de la plage aux Coquillages, dans le jour orangé.

— C'est pas la vie, ça !

Elle hoche lentement la tête en se répétant, chaque matin, les mêmes mots. Françoise voudrait tant le voir sortir du pavillon, à demi nu, s'étirant comme un chat satisfait après une chaude nuit d'amour. Elle projette sa propre solitude sur son voisin plus jeune. Pourtant, il ne semble pas malheureux, son étranger.

☾

Olivier a toujours fini par se retrouver seul.

Un peu après son cinquième anniversaire de naissance, le garçon a vu son papa adoptif, le petit Marcel Genest, mourir dans un accident de la route tout à fait banal. La bonne grosse Mireille a survécu mais s'est retrouvée paralysée, confinée au fauteuil roulant. Elle ne pouvait plus demeurer à Montréal, dans son logement du troisième étage, boulevard Saint-Joseph.

☾

Sous la pluie froide de novembre, ils quittaient la grande ville. Le curé de la paroisse Saint-Enfant-Jésus du Mile End avait offert de les conduire. L'abbé Eugène Brochu regardait parfois dans son rétroviseur. Olivier ne bougeait pas. Il répondait : « Oui, monsieur le curé ; non, merci, monsieur le curé. » Ou : « Je sais pas, monsieur le curé. » Pas un mot de plus. Mireille, qu'on avait installée en avant, se lamentait faiblement : une sorte de litanie qui se poursuivrait pendant des années, une musique obsédante qui oppressait déjà Olivier. Cet ancien scout d'Eugène Brochu s'offrait toute une B. A.

Sans avertissement, un flot de bile jaillit de la bouche d'Olivier. Le gamin vomissait sur son parka.

— C'est pas grave, Olivier. Il y a une guenille en dessous de mon siège. Essuie-toi le mieux possible, pis jette la guenille par la vitre. Moi aussi, j'étais malade en machine, à ton âge.

Mireille s'apitoyait.

— Eh Seigneur! Qu'est-ce que j'ai fait au bon Dieu!

Dans le parc des Laurentides, la pluie se transforma en neige. Il fallait remonter la vitre. L'enfant se battit pendant plus de deux heures contre la nausée. Il ne fallait surtout pas pleurer.

☾

Marie-Marthe Gauthier demeurait dans la rue Smith, tout près des grands réservoirs d'essence du port de Chicoutimi. Mireille était sa fille unique. Marie-Marthe n'était pas surprise des déboires de sa grosse fille. Depuis l'adolescence, l'obèse appelait la malchance, comme le miel attirait les mouches. Veuve depuis des années déjà, Marie-Marthe ne voulait surtout plus d'un autre homme dans sa vie. Elle savait où trouver la compagnie qui faisait son affaire. Elle avait pris un petit voisin sous son aile. Elle traitait Ronald Bellavance comme un petit-fils. Il l'appelait Mamie Gauthier. Pas très intelligent, bon comme du bon pain, serviable comme pas un et pieux comme une dame de Sainte-Anne, il comblait la vieille femme.

Ronald récitait le chapelet du soir avec Mamie Gauthier quand, derrière le curé portant Mireille avec l'aide d'un voisin charitable, Olivier franchit le seuil du logement.

Le mot de bienvenue de Marie-Marthe fut court.

— Bon! Coudon.

À la seule vue de l'enfant, elle se hérissa. Depuis la toute première rencontre, elle ressentait une répulsion viscérale pour Olivier, cet enfant du péché. La vieille folle était le prototype de la bigote, ce qu'au Saguenay on appelait une *langue sale*.

Ronald Bellavance, son petit protégé, fit le signe de croix, remit son chapelet bleu pâle dans sa poche et embrassa Marie-Marthe.

— J'vas réciter la dernière dizaine *tu seul*, Mamie Gauthier.

— C'est beau, mon p'tit homme.

Après avoir donné un bec sur la joue de Mamie Gauthier, Ronald fila jusqu'à l'église. Il était amoureux de la statue de la Sainte Vierge.

Le curé dormit sur le divan et, dès quatre heures du matin, il se retira sur la pointe des pieds sans demander son reste. Marie-Marthe l'entendit bien se lever, mais elle fit semblant de dormir. Pas question de lui offrir à déjeuner. Elle n'aimait pas le monde de Montréal.

☾

Elle accueillait sa fille par charité chrétienne : qu'est-ce que les voisins auraient dit si elle avait refusé ? Mireille reprit sa chambre de jeune fille. Olivier dormait dans la cave.

Le premier matin, en remontant, il vit Marie-Marthe sortir des toilettes avec un album de Tintin.

— Bonjour, Mamie Gauthier.

— Je m'appelle *Meméra*. Pas autrement.

La frontière était tracée. Olivier ne la franchirait jamais.

— J'peux-tu regarder votre livre ?

— Tu sais pas lire.

— J'ai appris mes lettres tout seul.

— *Menteux.* Lis-moi le titre.

— *Tintin au Congo.*

— Ça parle au *gyâbe*!

Bénéficiant de l'effet de surprise, Olivier put garder le livre et créer un précédent. Il disposait désormais d'un refuge.

☾

Pendant huit ans, pour Marie-Marthe, il y eut deux poids, deux mesures. Ronald qui l'appelait Mamie et Olivier qui disait *Memére*. On connaissait ses parents, à Ronald! Pensez-vous que c'était normal d'avoir appris à lire tout seul?

Elle garda Mireille au lit; c'était encore comme ça qu'elle embarrassait le moins.

Marie-Marthe gagnait son Ciel.

Elle avait le don de blesser l'enfant.

Le jour de ses huit ans, elle l'accueillit au retour de l'école avec une «bonne nouvelle».

— Y a un monsieur qui est d'accord pour te prendre. Il va même t'acheter un poney, comme ceux du cirque que t'aimais tant avec ton *pére*.

Olivier étouffait ses larmes.

Du fond de la chambre, Mireille geignait.

— *Meman*, arrête de l'étriver.

Une autre fois, elle l'amena *faire un tour de machine* avec Ronald. Il était sur le siège arrière et se battait pour ne pas être malade. La vieille femme ne parlait qu'à Ronald.

Arrivée dans le rang Saint-Louis, elle montra du doigt une grande baraque en blocs de ciment gris.

— Ça, Ronald, c'est un orphelinat. C'est pour les enfants qui ont pas de parents. On va aller acheter du miel.

Le frère Bruno conduisit le trio jusqu'à la réserve, près des ruches.

— Vous en prenez encore des p'tits gars, *frère*?

— Tous ceux que le bon Dieu nous envoie, ma bonne dame.

Elle souriait à Ronald.

— Ça risque pas de t'arriver, mon p'tit homme.

Olivier se remettait du mal de cœur. Il ne fallait tout de même pas trop en demander. Déjà, quand il montrait son bulletin de premier de classe, sa maman Mireille le recevait avec un si beau sourire, un peu triste, c'était vrai, mais un sourire quand même. Ça lui semblait une si belle récompense: il pouvait bien endurer le reste. C'était pas de la faute de sa mère si elle ne pouvait plus quitter le lit. Il valait mieux être raisonnable et savoir se contenter de ce petit pain… qui était tout de même du pain.

❨

La torture psychologique dura huit ans. Puis, la bonne femme passa par le cancer pour déménager en enfer.

Au Salon funéraire Blackburn, Ronald se répandait. Il avait obtenu une permission tout à fait exceptionnelle des frères maristes du Juvénat de Desbiens pour assister à l'enterrement de cette si bonne madame Gauthier: une sainte femme qui avait ruiné sa santé au nom du devoir. Son calvaire était fini.

Olivier, qui avait aussi treize ans, ne pouvait pas sentir Ronald. Il en était tellement jaloux que, maintenant, les larmes du garçon faisaient déborder le vase d'Olivier.

— Viens, Ronald, on va aller prendre l'air.

Tenant toujours son chapelet dans la main droite, le *juvéniste* suivit la voix en *lyrant*. Rendu dans le stationnement, Olivier s'arrêta en face de Ronald.

— J'te dois quelque chose, Ronald.

Il lui fendit la lèvre inférieure d'une seule taloche.

— Si t'en veux une autre, ouvre ta gueule.

Le choc coupa le flot de larmes.

— C'est pas juste. C'est pas de ma faute si Mamie Gauthier m'aimait mieux.

— Ça non plus c'était pas juste. On est quittes.

Ronald Bellavance voulait sincèrement devenir un saint. Après s'être épongé la bouche, il crut avoir le dernier mot.

— C'est vrai que c'était pas juste. Faut prier pour elle, Olivier. Au fond, elle était bonne.

— Au fond, elle était folle, Ronald. Pas pires amis?

— Pas pires amis!

Toute sa vie, Olivier serait reconnaissant à Ronald de sa sincérité si naïve. Deux mois plus tard, aux vacances de Noël, Ronald Bellavance fut fauché par la Chevrolet d'un ivrogne qui prit la fuite.

☾

Mireille ne pouvait pas s'occuper d'Olivier.

Le soir de l'enterrement de la vieille, un visiteur inattendu se présenta. Il s'appelait Bernard Croteau : tout petit derrière ses petites lunettes, il mordillait sa moustache en regardant les pieds du gamin. Cet ancien employé de bureau avait quitté le service comptable de la Laiterie Diamant pour la sécurité de la fonction publique. Ses principales compétences se résumaient à savoir lire, écrire et compter.

L'employé du Service social avait trouvé un asile pour
Mireille chez les sœurs du Bon Pasteur, et un foyer nourricier
pour Olivier. Le garçon avait tellement peur de se retrouver à
l'orphelinat Saint-François Régis dont l'avait menacé sa
grand-mère qu'il accueillit la nouvelle avec soulagement.

❊

Le lendemain, en ce début de novembre où la noirceur salit
déjà l'hiver au milieu de l'après-midi, Olivier suivait Bernard
Croteau dans une montée enneigée. L'adolescent, qui souf-
frait de vertige, se contenait pour ne pas céder à la panique.
L'escalier n'avait pas de rampe et Olivier ne pouvait s'agrip-
per à rien. La maison, accrochée à une pente, ajoutait encore
à l'impression de vide.

La porte s'ouvrit sur un énorme bull-terrier et sur une
petite rouquine de quarante ans. Les deux bêtes terrorisèrent
l'orphelin.

L'ampoule nue, au milieu du plafond, crachait ses cent
cinquante watts de lumière crue jusque sous la table de la
cuisine. Rex flairait Olivier, que la peur des chiens paralysait.

Jeanne d'Arc Girouard ne regardait pas le garçon. Penchée sur les papiers que lisait Bernard Croteau, elle s'assurait
qu'on ne la roulerait pas et que le montant du chèque
mensuel serait bien ce qu'on lui avait promis au téléphone.

Après le départ du fonctionnaire, Jeanne d'Arc conduisit
Olivier dans une chambre où trônait un grand lit. Dans le
coin de la pièce, collé au mur, il découvrit un lit pliant.
C'était là qu'il dormirait, à l'ombre du fils de la maison. Elle
ouvrit le dernier tiroir de la grande commode et invita
Olivier à se pencher pour y remiser ses affaires. Il n'avait pas
grand-chose.

À l'heure du souper, il se retrouva assis en face du fils Girouard. Richard l'avait toisé en arrivant de l'école ; le paquet de muscles de douze ans méprisa sur-le-champ le *feluette* qui parlait trop bien.

Rentré du travail, le père avait déposé sa boîte à lunch sur la table avant de se diriger vers une caisse de bière. Sans dire un mot, il s'était assis dans une chaise berçante, devant la fenêtre, pour boire une grosse bouteille de Dow. Il avait salué l'adolescent d'un court signe de tête avant de se réfugier dans le houblon.

Le seul être qui s'intéressait à Olivier dans cette maison, c'était Rex. Il ne le lâchait pas. De grandes coulisses de bave s'étiraient de sa gueule pendant qu'il restait concentré sur les spaghettis au jus de tomate qu'avalait mal le nouveau venu. À la peur d'Olivier s'ajoutait une petite nausée qui lui coupait l'appétit.

— T'aimes pas ça !

Jeanne d'Arc l'accusait plus qu'elle ne posait une question.

— Non, non. C'est bon, mais j'ai pas beaucoup faim.

— Icitte, on vide son assiette. Faim, pas faim, tu manges ton *spaghatti* si tu veux du dessert.

— Est-ce que je peux aller aux toilettes ?

— Tu iras quand tu auras fini de manger.

Assis au bout de la table, sans lever les yeux de son assiette, l'énorme Denis Girouard, qui devait peser deux cent cinquante livres, lança un seul mot.

— Crisse !

Jeanne d'Arc frissonna et plongea dans le jus de tomate.

— T'as pu faim ? Donne ton assiette au chien pis vas-y.

Olivier prit l'assiette que Rex ne lâchait pas des yeux. Avant qu'elle ne touche le prélart, Rex avait la gueule pleine.

Une grande coulisse de bave mouillait la manche de chemise et la main d'Olivier quand il se redressa. Au bord du vomissement, il s'enferma dans les toilettes et mit le crochet sur la porte.

C'était comme Alice, passée par le trou du lapin pour découvrir le Pays des Merveilles.

Dans cette minuscule pièce sans fenêtre, sorte d'isoloir au milieu du logement, une surprise attendait Olivier. Sur le couvercle d'une manne à linge sale en osier blanc, une pile de magazines et de journaux jaunes faisaient le trottoir. Le bas de gamme de la pornographie s'étalait là. *Allô Police* se vautrait dans les crimes sordides. Le sexe sale, fruit des bas instincts, révélait son vrai visage de violence et de mépris. Un trouble gluant collait Olivier aux pages du magazine. L'orphelin entrait dans l'adolescence et se tordait sur le siège de la toilette en se masturbant. Il n'y avait plus de famille Girouard, plus de Mireille Genest, même plus de Rex. Il tenait son seul allié dans sa main et l'agitait à s'en meurtrir le gland.

Il vomit sa première éjaculation en lisant le récit d'un viol collectif, saoul de désespoir.

À huit ans, sa première expérience sexuelle lui avait révélé la vérité. Finette, la chienne de son voisin, se faisait embrocher par le gros Fido, le bâtard du boucher.

Les enfants avaient beau frapper le chien pour lui faire lâcher prise, il s'accrochait, s'agitait et grognait. Fido avait gagné et Finette n'avait pas protesté. L'image remontait pendant qu'Olivier lisait *Allô Police*. C'était donc vrai que les femmes aimaient qu'on les viole… comme Finette Bellavance, la chienne de son voisin Ronald. D'ailleurs, pour bien prouver qu'elles n'étaient que ça, on appelait les femmes des *plotes*. En prononçant le mot, Olivier sentait inconsciemment qu'il se salissait. Cependant, au garçon qui n'avait jamais droit aux émotions, ce malaise, ce trouble malsain donnait le sentiment d'être un peu vivant. Même si c'était une vie sale.

Heureusement qu'il y avait la Sainte Vierge. Non! Jamais l'enfant Jésus ne serait sorti d'une grosse bite. Jamais saint Joseph n'aurait cédé aux bas instincts, car l'amour véritable était pur.

Olivier croyait en Dieu, aimait le petit Jésus et aussi le grand Jésus de six pieds, deux cents livres, barbu avec des cheveux châtains, toujours propres, qui tombaient sur sa robe blanche et sur son beau manteau rouge tissés d'une seule pièce par la Vierge Marie, pour son entrée dans la vie publique.

Petit garçon, Olivier rivalisait de piété avec son voisin Ronald Bellavance. Il perdit le combat le jour où Ronald, ayant déposé un bouquet de fleurs de plastique devant la statue de la Sainte Vierge, vit son exploit signalé en chaire par le vicaire Simard. Vaincu, Olivier douta de sa propre sainteté.

Maintenant, les toilettes des Girouard lui révélaient la vérité sur sa nature corrompue par le péché originel. Tout ça était de la faute d'une femme qui avait fait succomber le premier homme. Pourquoi étaient-elles si belles avec leurs *boules*? Pourquoi cachaient-elles, entre leurs cuisses, ce mystère fascinant et répugnant d'où s'écoulait ce liquide brun qu'il avait vu sur un Kotex? D'ailleurs, elles avaient honte en allant chercher leurs Kotex. Elles les dissimulaient dans des sacs de papier brun. Les hommes faisaient la même chose avec leurs bouteilles de bière quand ils venaient pêcher le *teteux* dans la rivière Langevin. Ils s'y racontaient des histoires cochonnes, sans se regarder. Les oreilles rouges, ils se mouchaient en se pinçant une narine après l'autre pour expulser la morve. Puis, ils se raclaient la gorge et crachaient

dans l'eau avant de se rincer le dalot dans un bruit de papier
brun froissé.

❦

L'initiation sexuelle d'Olivier allait bon train.

À l'école, le frère Miville leur expliquait que la mastur-
bation ouvrait la porte à la dégénérescence et à l'appauvris-
sement du sang. Olivier comprenait le religieux et approuvait.
Il savait que ce n'était pas bien. Il ne pouvait pas imaginer
Jésus, adolescent, revenir du Temple pour *faire ça* dans les
toilettes.

Malgré tous ses efforts et en dépit de toute sa bonne
volonté, Olivier se retrouvait le pantalon en accordéon sur les
chevilles, cherchant les photos de femmes en soutien-gorge
qui révélaient un tout petit bout de mamelon brun.

Il sortait de là rouge et confus pour se réfugier dans la
chambre, prétextant des lectures scolaires imaginaires. Il
fuyait le regard sec de Jeanne d'Arc Girouard qui ne comprenait rien à cet enfant si sage et si poli.

❦

Olivier compta ainsi les années jusqu'à dix-huit. Il n'avait pas
un seul confident. Même à la confesse, il mentait. Pouvait-il
avouer *trois fois par jour* depuis la *dernière fois* ? Non ! Il ajoutait une confession sacrilège et, pour s'enfoncer définitive-
ment dans la géhenne, couronnait le tout du pire des péchés :
une communion sacrilège !

Or, Olivier avait peur de l'enfer et de son terrible pendule
toujours-jamais.

☾

Sur l'île d'Aix, en ce beau matin d'automne un peu frais, Françoise marche vers le pavillon de son Québécois handicapé. La porte est ouverte.

— Olivier !

Du fond de la chambre, il crie.

— Entrez, Françoise.

Elle porte une assiette couverte.

— J'ai fait de la brioche. Vous en voulez ?

Olivier en a le *motton*.

— Vous êtes une vraie mère pour moi.

Françoise voit passer l'émotion et se demande si elle ne commence pas à comprendre.

5

La première fois que Claire revoit sa mère, Madeleine n'est pas seule.

La présence de Raoul trouble la jeune fille ; elle a perçu toute la puissance de sa vitalité. Pas qu'elle ait envie de lui, non. Mais elle comprend tout de même que Madeleine ne reviendra jamais à la maison. Ce qui unit Madeleine et Raoul saute aux yeux, tant c'est puissant. Elle n'a jamais vu ça entre sa mère et Thomas.

Partie depuis deux semaines, Madeleine vient prendre Ouriel pour le week-end. Claire ira chez grand-maman, dans le Valais. Mamie Germaine est une femme libre. La Savoyarde possède ce chalet en montagne depuis des années et, maintenant, elle y vit à temps plein. Elle élève quelques chèvres et passe de grandes journées seule et paisible. Mamie Germaine contrôle tout de sa vie. Fière, elle paie le prix de sa liberté et se satisfait de sa solitude. Le vrai modèle de Claire, c'est elle.

☾

Claire a tout préparé : les vêtements d'Ouriel bien rangés dans un joli sac et quelques biberons déjà remplis dans un autre.

Ce détail n'échappe pas à Madeleine. Claire a pris le contrôle et même sa mère n'offre qu'un peu d'aide, le temps d'une pause.

— Je vois que tout est prêt!

Sa fille a pris des notes, des instructions qu'elle remet à Madeleine.

Perturbée, Madeleine choisit tout de même de sourire.

— Bien dis donc, tu te débrouilles pas mal!

— C'est pas si compliqué.

— Ça va, Claire?

— Bien sûr, maman.

Madeleine essaie d'aller au fond des yeux de sa fille. Elle agace Claire.

— Mais oui, ça va! Puisque je te le dis: ça va pas mal.

Puis, tenant toujours Ouriel dans ses bras…

— Il est tellement sage. Cette nuit, il ne s'est même pas réveillé.

Madeleine cherche une porte d'entrée.

— Tu sais, Claire, ton père et moi…

— Maman, ça ne me regarde pas. Tu es partie, c'est bien. On s'arrange pas mal.

Puis, embrassant Ouriel, elle conclut.

— Mais oui, ça va. On est bien. Hein? Qu'on est bien, mon poussinet?

Le bébé gazouille, la tétine bien enfoncée sous le nez.

Puis, mettant Ouriel dans les bras de Madeleine…

— Bon, bien! Tu vas te débrouiller. C'est juste pour le week-end.

Elle a dit ça sans méchanceté.

Raoul, les deux sacs dans les mains, ne sait pas comment dire au revoir. Cette petite Claire l'impressionne. On ne peut pas imaginer plus Vaudoise. Comment ces grands yeux bleus si francs arrivent-ils à garder une si franche distance avec les autres? On n'entre pas dans le jardin de Claire. Rien à faire; pas d'accès, privé.

Claire a remis Ouriel en se l'arrachant des bras.

Madeleine laisse sa fille lui faire encore des recommandations. Dans le monde de Claire, sa mère devient une sorte de grand-mère pour Ouriel. Désormais, la vraie maman, c'est elle.

Claire prend le contrôle de l'au revoir comme du reste. C'est elle qui s'avance vers Raoul pour les trois bises convenues et qui prononce les derniers mots tout aussi convenus.

— Tout de bon!

❨

Avant de partir dans le Valais, elle doit finir un petit travail de rien du tout.

Elle entre à la cuisine, prend la tétine d'un biberon, un bout de tuyau de plastique assez fin… et entreprend le montage d'un appareil de son cru.

Tout en travaillant, elle suit mentalement Ouriel dans la voiture de Raoul. Avant d'arriver à Cully, l'homme avait déjà installé un siège pour le bébé, sur la banquette arrière. Cette prévenance a un peu déstabilisé Claire.

Ce Raoul ne ressemble à personne. Comme si Claire découvrait une nouvelle espèce animale: «C'est qui, ce mec?» Comment a-t-il pu pénétrer si facilement dans leur vie?

Comme beaucoup de Suisses nantis imbibés de *vaudoiseries*, Claire se sent vaguement supérieure. Elle est si fière des chemins de fer fédéraux, de Swissair, de la neutralité

helvétique, de la démocratie permettant initiatives et réfé-
rendums. Elle ne méprise pas les Méditerranéens, mais elle
est contente de pouvoir les aider à évoluer. Oui, la jeune fille
est un peu snob.

— Un coiffeur espagnol ! *De bleu, de bleu !*

❨

En finissant son cours, Raoul, avec l'aide de ses parents, avait
monté son propre salon de coiffure, place du Temple, tout
près du restaurant familial.

Il chérissait les bigoudis et la levrette depuis quelques
années quand son père lui avait ouvert les yeux.

— On va faire traiteur. La mode est aux réceptions à
domicile. Les meilleures clientes m'en parlent depuis longtemps.

Raoul avait approuvé.

Comme tous les gens sans prétention, quand l'Espagnol
voyait le bien, il l'imitait.

Deux jours plus tard, dans *La Tribune*, sous la photo d'un
superbe jeune homme, on pouvait lire : « Coiffeur pour
dames, à domicile. »

Le corps diplomatique féminin avait ressenti un doux
émoi. Souvent, après le passage de Raoul, la cliente en avait
senti bien davantage.

Pas de calcul, pas d'ambition et pas d'attentes chez le garçon coiffeur ; il aimait aimer les femmes. C'était si bon de leur
donner. Elles savaient si bien recevoir.

Pendant plus de cinq ans, Raoul avait aimé les femmes,
toutes les femmes, sans succomber. Jamais il n'avait été
amoureux.

☾

L'attaque avait été si soudaine, la violence tellement grande qu'il n'avait même pas eu le temps de réagir. En moins de vingt secondes, il avait été dévasté. Il ne pouvait que constater les dégâts : il était amoureux de cette femme enceinte jusqu'aux yeux.

Sa chance venait de le quitter. Madeleine Thiercy était immensément riche et elle attendait son deuxième enfant. Lors d'une très exceptionnelle sortie, elle était entrée, par hasard, acheter du shampoing.

Place du Temple, la clochette de la porte tintait encore que Raoul se serait allongé aux pieds de la femme en gémissant.

Il découvrait en lui une nouvelle galaxie.

Il avait réussi à gagner sa confiance et sa clientèle. Peu lui importait d'avoir à parcourir l'autoroute de Genève jusque dans le Lavaux. Raoul était passé du stade génital à l'âge amoureux.

Il fallait, bien sûr, que ce soit une histoire impossible. Raoul se disait que la vie l'avait rattrapé pour en faire une caricature : le bel Espagnol ténébreux.

☾

Après le coup de fil de Madeleine, il avait donc foncé à la vitesse de la fermeture éclair.

Le bonheur l'avait d'abord assommé. Il était heureusement tombé dans ce lit du Mövenpick, face au lac. Pendant trois jours, il n'alla pas plus loin que la salle de bain.

Madeleine faisait ses classes; elle ne se connaissait pas un tel talent pour la luxure!

— Tu vivrais avec moi, Raoul?

— Oui.

— Dans deux ans?

— Douze mois, pas plus!

— Va bien.

☾

Dans l'aube valaisanne, à Praz de Fort, la bergerie jette une faible lumière sur la vallée.

— Je veux te parler de ta mère, Claire.

— Mais non, pas besoin, Mamie.

— Si!

Grande et belle comme sa fille, elle a donné ses yeux mauves à Madeleine. À près de quatre-vingts ans, elle ne prend aucun médicament: une santé de fer!

Germaine continue à traire une chèvre en regardant Claire qui en fait tout autant juste à sa gauche.

— C'est une artiste, ta mère. Moi, je l'ai toujours su. Pas elle. C'est étrange comme elle n'avait pas confiance en elle-même.

Toute grande psychologue qu'elle s'estime, Mamie Germaine n'envisage pas qu'il soit difficile de vivre à l'ombre de sa force. Ce n'est pas la faute du chêne s'il couvre d'ombre les arbustes tout autour. Il monte au ciel, le porteur de glands. C'est en toute innocence qu'il les laisse tomber sur la tête de ceux qui passent en dessous.

Devant le silence de Claire, elle poursuit.

— C'est une artiste… et une grande! Ce que je vais te dire va peut-être te choquer, mais je suis contente de ce qui arrive. Je n'en pouvais plus de la voir s'étioler, prisonnière de l'argent de ton père.

Claire a cessé de traire. Germaine vient vers elle.

— Allez! Pousse-toi, je vais la finir.

Claire est surprise de la brusquerie de sa grand-mère.

Elle ne se rend pas compte, la Germaine… et file droit devant. Si certains ne suivent pas, ce n'est tout de même pas sa faute.

Claire ne proteste pas.

Tout en trayant la chèvre, Germaine poursuit son monologue.

— Bien sûr, c'est dur pour ton père. Mais il s'en remettra. De toute façon, il peut s'offrir tous les psychologues du monde. Et toi, tu n'as pas à prendre ton petit frère en main comme ça.

Elle quitte le pis de la chèvre et agite lentement un doigt qui sent le lait chaud sous le nez de sa petite-fille.

— Tu n'as pas à faire ça, Claire.

L'adolescente n'est pas sa descendante pour rien. C'est avec autant de volonté que l'héritière de la force de Germaine rétorque.

— Je le fais… et puis, c'est tout!

Germaine éclate de rire.

— T'as bien raison! Je le ferais aussi. Tu ne serais pas ma petite Claire, toi?

L'adolescente se laisse tomber dans les bras de sa grand-mère. Elle sent les larmes qui montent. Elle s'ébroue.

— Alors, dis voir, on le fait ce fromage… ou bien?

❨

Le dimanche soir, deux semaines après les premières nuits à l'hôtel Mövenpick, Madeleine et Raoul ramènent, pour la première fois, Ouriel à Cully.

Claire rentre aussi de trente-six heures dans le Valais.

Encore plus sûre d'elle à cause de la bénédiction de sa grand-mère, elle les remercie comme s'ils étaient un couple d'amis qui lui auraient offert une courte pause.

— Alors, ça a été? Il ne vous a pas trop gâté votre week-end? Hein, mon bibounet! Viens voir maman!

Madeleine accuse le coup: ça fait mal!

Raoul est peiné de la cruauté innocente de la gamine.

Mais en entendant sa voix, Ouriel agite bras et pattes, en offrant le plus beau sourire de bébé jamais vu dans l'histoire depuis les origines de l'humanité. Claire en est convaincue... et rassurée. Le transfert de maternité est bien irréversible. Cela lui donne beaucoup de liberté face à Madeleine. Elle se sent très à son aise en cochant sur le calendrier des chemins de fer les jours *de visite* de Madeleine.

Toutefois, ces mises au point réglées, Madeleine et Raoul se sentent de trop. Déjà, Claire parle à Ouriel comme s'ils n'étaient plus là.

La séparation se fait un peu malhabilement et Claire, sans lâcher Ouriel, referme la porte sur les mots convenus.

— Adieu, donc!

Claire range tout.

Elle n'a qu'une hâte: que son bébé ait faim.

❨

Une semaine après le départ de Madeleine, Thomas l'avait jointe sur son Natel. Il lui avait donné rendez-vous au Beau-

Rivage. Madeleine craignait qu'on ne plongeât dans le mélodrame.

Thomas les épargna. Sans se complaire dans l'apitoiement, il revint sur les horreurs de son enfance et raconta comment il avait cru s'être libéré en la rencontrant. Mais cette chose l'avait eu par la ruse. Claire était déjà née. Il ne voulait pas briser la famille et espérait toujours que ça finirait. Ses escapades sexuelles n'avaient jamais mis la santé de Madeleine en danger. Il était d'une prudence de Sioux et… plus encore : de Vaudois.

☾

— Je suis désolé, Madeleine.

Un éclair! Madeleine ferma les yeux. Elle frappait un corps allongé. À grands coups de pied, elle lui rentrait dans le ventre; à coups de bâton, elle lui cassait des côtes. Puis en hurlant, elle se jetait à la tête de Thomas pour l'étrangler.

Elle ouvrit les yeux et le regarda.

Les larmes tombaient sur la nappe blanche sans crisper le visage de son mari.

— Je ne reviendrai plus jamais à la maison, Thomas.

— Je sais. Tu veux la garde des enfants?

— Non, tu as besoin d'eux plus que moi.

Il acquiesça.

— Tu pourras évidemment les voir à ta convenance.

— Que vas-tu faire, Thomas?

— Essayer d'être heureux.

☾

Par suite de la condamnation publique, Madeleine perdit sa bonne réputation et les obligations qui s'y rattachaient. Elle avait abandonné ses gosses pour vivre avec un gigolo. Au bras de Raoul, elle percevait parfois une lueur d'envie dans les regards hypocrites de ses anciennes amies qui la saluaient de loin. On ne faisait pas la guerre dans le canton de Vaud ; on prenait ses distances.

Thomas se révélait un misérable mou de la laisser si mal se conduire. Plus un Vaudois ne l'invitait dans son carnotset : ce petit local aménagé dans la cave, c'était pour les amis. Le bon vin et le saucisson, il n'y en avait pas pour les molasses.

Madeleine et Thomas, derrière le miroir de la déconsidération, se découvraient libres. Plus les imbéciles creusaient le fossé, plus les deux lépreux leur en étaient reconnaissants.

☾

Au bout d'un an, Madeleine et Raoul achetèrent une maison à Aubonne, entre Genève et Lausanne.

Mamie Germaine avait vu juste : sa fille s'épanouissait.

Sans prétention littéraire, Madeleine s'amusa à écrire.

L'héroïne de ses romans, une marieuse, directrice d'une agence de rencontres, poussait le professionnalisme jusqu'à s'assurer du bon état de fonctionnement des meilleurs candidats. Cela donnait lieu à des scènes pleines d'humour et de lubricité. Madeleine savait ne pas dépasser le cadre de la décence. Elle avait lu tant de *San Antonio* qu'elle n'ignorait pas qu'on pouvait tout dire ; il y avait la manière, et puis voilà !

Raoul l'encouragea à publier. Lui qui ne lisait pas même *L'Équipe* dévorait les pages de Madeleine en se marrant. Elle lui avait permis de faire cinq photocopies de son premier manuscrit. Le samedi, en fin de journée, il les proposa à ses deux coiffeuses et à trois bonnes clientes. Dès le mardi matin, il était fixé. Les deux filles gloussaient en se racontant le livre. À midi, les trois clientes avaient appelé.

Madeleine ne connaissait rien à l'édition. Elle eut l'audace des innocents. Elle posta son manuscrit chez Frédéric Dard, à Bonne Fontaine, dans le village fribourgeois où l'écrivain résidait plus souvent qu'à son appartement genevois.

L'auteur de *San Antonio* connaissait Thomas. Grand explorateur de l'âme humaine, il avait toujours senti que le Vaudois cachait quelque chose de très intime. Pourquoi sa femme l'avait-elle laissé? Ce fut surtout par curiosité, par envie de comprendre qu'il ne jeta pas le manuscrit de Madeleine à la poubelle, comme il devait habituellement le faire. Il n'était tout de même pas directeur littéraire ou gourou pour écrivains.

Comme il n'attendait rien, il était disponible.

Une semaine plus tard, il téléphonait.

— Bonjour, madame Thiercy. Ici Frédéric Dard. Qu'est-ce que j'ai rigolé! Merci d'avoir eu confiance. J'ai parlé à mon éditeur ce matin. Il attend votre appel.

❨

Madeleine et Raoul, comme la plupart des Suisses, fréquentaient peu Paris. Ils descendirent à l'Hôtel Bedford, tout près des Grands Boulevards. L'éditeur était sérieux, solide et prévoyant. Il voulait au moins un coup d'avance. Puisqu'elle n'était pas dans l'urgence de gagner sa croûte, il procéderait sans compromis. Il lui exposa son plan.

Raoul l'attendait au Gramont. Il aimait l'auvent jaune et les chaises de ce café si parisien.

En une seule rencontre, tout était réglé.

Elle publierait le premier roman dans une année. Deux autres manuscrits dormiraient dans son coffre, à la banque. Malgré l'offre de l'éditeur, elle n'avait rien signé.

— J'ai confiance. On en reparlera quand les trois livres seront écrits.

Le reste du séjour à Paris s'était déroulé dans la plus pure tradition touristique.

☾

À Cully, en cette fin d'après-midi dominical, tout est *propre en ordre* dans la chambre d'Ouriel.

Enfin, le grand moment est arrivé.

Claire referme la porte de la chambre. Elle sait qu'à son retour, Thomas n'osera pas les déranger.

Elle a confectionné un support qui s'accroche à son cou. Elle y installe le biberon bien plein. Et elle dénude sa poitrine. Les mamelons pointent déjà.

Elle approche l'embout d'un mince tuyau relié au biberon. Elle le colle tout près du mamelon du sein gauche. Ouriel tète déjà le petit bout de plastique, et sa bouche embrasse tout autant le mamelon. Le ventre de Claire vibre. Le temps s'ouvre pour offrir le premier fruit de la lenteur : la plénitude.

La tête penchée sur le visage d'Ouriel, Claire n'attend plus rien. Elle a tout. Et tout est bon.

Personne ne lui a jamais parlé de ce que l'allaitement éveille en elle. Et Claire non plus ne répandra pas la nouvelle. Mais Dieu gère bien les choses. Tout comme pour l'accouplement, l'allaitement peut se faire dans la jouissance. L'obsession de tant d'hommes pour les seins lui semble la chose la plus normale qui soit. Leur première jouissance, leur première satisfaction, leur premier sentiment de plénitude partagée, c'est la tétée.

Ouriel, repu, s'est assoupi sur le sein de Claire.

Elle ne céderait sa place à personne au monde.

Elle chantonne pour elle-même… et s'endort, le bébé dans les bras.

Elle rêve. À Sonchaud, dans ce refuge de bergers converti en restaurant, sur les hauteurs de Villeneuve, seule avec son papa, elle mange une croûte à l'œuf. De là-haut, le lac Léman semble tout petit. C'est tellement beau ! Par la voix de son papa si fort, la vie lui parle du Ciel et des anges.

Dans son sommeil, Claire ne le sait pas, mais elle pleure.

☾

Le soir du départ de sa femme, Thomas aurait hurlé quand il constata que c'était à sa fille qu'il venait de se confier. Il s'était réveillé en entendant la voix d'Ouriel dans le *baby call*. Trop tard ! Il ne pouvait plus se rattraper. Il était là, dans sa magnifique maison face au lac, riche de toute sa fortune de famille et plus pauvre qu'un enfant abandonné sur les trottoirs de Calcutta.

En voyant Claire protéger Ouriel, il eut peur. Il refusait que sa fille se réfugie dans une vie sacrifiée. Il arracha sa peine et marcha dessus. Il eut même le courage de se taire et il la laissa faire. Il cherchait une façon de changer le cours des choses. Claire ne décollait plus de la maison. Elle baignait, langeait et nourrissait Ouriel. C'était elle qui avait choisi le prénom du petit garçon. La photographe en herbe l'avait appelé «Lumière de Dieu». Ouriel Thiercy, c'était pas mal !

☾

La première fois que Claire s'était lancée dans le vide en parapente, elle avait regardé sa peur en témoin. Elle était toujours
ainsi : elle refusait de s'identifier à un émoi. Elle attendait que
la manifestation s'épuise. Face à la peur et face au drame, elle
se contenait et observait. Claire était dotée de la force au sens
le plus élevé : la patience.

En veillant sur Ouriel, la jeune fille s'administrait les premiers soins.

Thomas finit par comprendre. Il n'avait plus qu'à suivre
son exemple.

Il se lança alors dans une entreprise qu'il aurait déconseil-
lée à son meilleur ami tant il n'y avait jamais cru : il rencontra
une thérapeute. Oui, il choisit une femme.

Pendant deux ans, d'abord chaque mardi, puis deux fois
par semaine, il fut fidèle au rendez-vous. Il avait souvent
l'impression de se répéter, de radoter, d'éviter l'essentiel.
Mais il n'envisageait même pas d'arrêter. Thomas voulait
croire au bonheur.

Tout ce qu'il avait reçu de sa fille pour se déculpabiliser
se résumait à un très court échange.

— Je comprends, papa. Tu n'as rien à te reprocher.
Laisse-moi veiller sur Ouriel et console le petit Thomas.

— Et toi, Claire ?

— Je vais pas mal.

Il savait qu'elle n'ajouterait rien. Il ne se sentait pas le
droit de l'empêcher de quitter les cours du gymnase. Oui, il
s'occuperait du petit Thomas.

☾

Claire, nouvelle maîtresse des lieux, a fait une concession :
elle accepte d'engager une cuisinière. Lourdes, une belle

petite Portugaise de quarante ans, cuisine comme un chef! Elle réussit autant le *papet vaudois* que les casseroles de fruits de mer de son pays. Pour Claire, c'est bien: ça ouvrira l'esprit de son petit. Elle traite Lourdes avec beaucoup de bonne volonté, en brave Portugaise… tout de même d'un autre monde. Elle ne doute pas de son propre bon sens en établissant les règles: pour Claire, il ne s'agit pas de racisme, bien sûr, mais elle ne permet pas à la brave femme d'amener ses deux fils. Lourdes doit se laver les mains pour approcher Ouriel: l'ail dans les yeux, ça brûle! Comment Claire pourrait-elle contrôler les garçons? Chacun sa place, c'est plus simple.

（

Le temps fait œuvre de durée.

Madeleine passe souvent à la maison pour amener Ouriel dans le Valais. Claire en profite pour s'envoler en parapente avec son Nikon.

Elle rentre de ses excursions dans le ciel la peau rougie et les yeux translucides. Que cette jeune fille, si secrète, est belle!

Elle vit seule sur son île, protégée par tous ses requins qui montent la garde: les réparties plus que vives, la capacité de se taire jusqu'à ce que l'autre se sente mal à l'aise, la supériorité silencieuse de l'argent et la satisfaction du devoir accompli. Personne ne peut l'atteindre… sauf Ouriel.

（

Jamais Madeleine n'avait parlé de son travail d'écriture à Thomas. C'est donc en même temps que le public qu'il la vit à côté de Frédéric Dard, à *Apostrophes*. Bernard Pivot présentait la *nièce littéraire* du romancier.

— Mais je ne suis pas le tonton que vous imaginez, bande d'enfoirés !

Au grand amusement de Raoul, l'écrivain célèbre jouait à Coluche. L'Espagnol, beau comme un camion de pompier, riait avec le public en studio.

❨

À la fin de l'émission, quelque chose était changé sur les hauteurs de Cully. Thomas avait perdu un truc. Il ne ressentait plus cette présence oppressante de la culpabilité à la pointe du sternum. C'était du passé, le terrible sentiment d'échec ressenti en rentrant du Beau-Rivage après sa première coucherie ; sa colère en repensant que, dès le lendemain, lorsqu'il avait reçu le coup de fil du sprinter noir américain, il s'était précipité de nouveau dans le lit de Ron Mattis. Et tout le reste qui lui serrait si souvent la gorge : Casablanca, Ténériffe, New York, Zurich… une litanie sans fin. Il avait droit à la rédemption ; sa femme survivait, plus forte et plus belle.

Il sortit sur la terrasse et but une longue goulée d'air parfumé. Tout était bien. Il ne savait pas qu'il pleurait. Il ne sentait pas couler les larmes de la joie.

❨

Claire regarde l'émission le lendemain, Thomas l'ayant enregistrée pour elle.

Ça ne l'amuse pas. Elle est vaguement irritée par la superficialité de l'entreprise.

Les choix de Madeleine ne lui plaisent pas. Comme si l'adolescente, c'était sa mère. Elle ne dit rien, mais n'en pense pas moins : «Pauvre maman! C'est tout ce que tu attends de la vie? Te faire baiser par un bel étalon pour distiller du miel de stupre!»

Dans sa grande sagesse adolescente, Claire ne comprend pas toute la liberté de l'impertinence et toute la richesse de la plénitude amoureuse.

❨

Pourtant, il était évident pour tout le monde que Madeleine s'épanouissait. Les regroupements de femmes l'approchaient déjà pour des conférences. Quand elle arrivait avec Raoul, certaines réagissaient avec mépris. Elle en riait, Raoul aussi. Et dans toutes les assemblées, le courant de sympathie allait dans le sens du couple.

❨

Dans sa grande sagesse adolescente, si sûre d'avoir tout compris, Claire est trop jeune pour savoir. Toutefois, elle n'ouvre jamais un des petits livres de sa mère.

Ça ne la fait pas rire.

❨

On présente un spectacle remarquable au Théâtre de Vidy, au bord du lac. Deux clowns italiens, les Colombaioni, proposent une parodie d'*Orlando Furioso* : *Orlando Curioso*. Le petit Carlos, détenteur de quatre siècles de traditions familiales, sait faire rire. Alberto, son beau-frère, joue admirablement le faire-valoir : bel homme, athlétique, il représente l'homme sensé qui tente de ramener Carlos à la réalité. Conduite par Charles Apothéloz et Jacques Bert, toute une troupe de Vaudois les appuie. De scènes rocambolesques en tableaux ahurissants, on passe une sacrée bonne soirée.

Son père a tellement insisté pour qu'elle aille à Vidy qu'elle a fini par dire oui.

Les deux jeunes fils de la *brave* Lourdes l'accompagnent. Elle est passée les prendre à Renens. La Portugaise garde Ouriel.

À l'entracte, elle se dirige vers le comptoir des rafraîchissements.

— Tu veux une glace, Juan ? Toi aussi, Antonio ?

Une chorale au bord de l'hystérie hurle son nom.

— Claire Thiercy !

On rit fort.

— Elle n'est pas morte !

— Elle respire !

— Elle marche !

— Peut-être même qu'elle parle ?

Son premier petit copain, Pierre-François, reprend un grand air des *Pêcheurs de perles* de Bizet : « Oui, c'est elle, c'est la déesse… »

Claire sourit. Ça lui fait tout de même plaisir de se retrouver face à son ancienne partenaire de tennis. Virginie n'est pas venue seule : Christel, Séverine, Léon, Jean-Charles, Esther, Rénate, Patricia… toute la fine équipe qu'elle a laissé tomber. On lui saute dessus. Personne ne lui parle du gymnase où elle ne vient pas, on ne s'informe pas d'Ouriel non plus. Pas davantage de Thomas. Tout ce qui les intéresse, c'est Madeleine, ses romans, son succès.

— Tu crois que, si je t'apportais une copie, ta mère me ferait une dédicace?

Elle reçoit le coup dans le ventre: une envie de vomir.

— T'es vraiment con, mon pauvre Léon. Tiens, ça rime!

Elle se tourne vers ses petits protégés.

— Tu veux chocolat ou noisettes, Antonio? Et toi, Juan?

Eux, derrière, n'existent déjà plus.

Qu'est-ce que c'est agaçant, cette course aux idoles!

❨

Peu après le troisième anniversaire d'Ouriel, on l'inscrit à l'école enfantine. Le petit garçon parle déjà comme un grand. Claire ne l'a jamais réduit à ce code débile que tant de parents infligent à leur progéniture.

Claire redonne à l'enfant ce qu'elle a reçu de Madeleine... qui n'a tout de même pas que des défauts! Mais, comme elle interprète mal la grande liberté que lui laisse Madeleine, sa plus obsédante question reste sans réponse: comment sa mère peut-elle être si indifférente?

❨

Ouriel est d'abord une personne avant d'être un bébé. Il s'exprime dans une langue un peu châtiée et articule précisément des phrases complètes. Quand on se rend au marché à Lausanne, le samedi matin, les commerçants s'amusent à faire parler l'enfant. Ils l'appellent «Monsieur le Pasteur».

— Non! Je ne suis pas «Monsieur le Pasteur». Je m'appelle Ouriel Thiercy.

Après deux semaines d'école enfantine, Ouriel s'exprime toujours aussi bien. Il a cependant ajouté les couleurs chantantes d'un énorme accent vaudois.

☾

Les succès de Madeleine et l'entrée scolaire d'Ouriel renvoient Claire à elle-même.

À dix-neuf ans, elle reprend ses études.

Le premier matin, Claire dépose Ouriel à l'école enfantine et se dirige vers le gymnase.

Ses amis sont déjà à l'université. Elle ne connaît plus personne parmi ces jeunes étudiants. Cependant, ils savent tout à son sujet. Loin de jouer la réserve, elle fonce sur eux et prend le contrôle en quelques minutes.

Pendant trois ans, elle n'aura pas un seul rapport d'égal à égal avec qui que ce soit dans le corps étudiant. Les pairs de Claire, ce sont les professeurs. Mais de cette fausse égalité résulte une prise de distance d'un côté comme de l'autre.

Claire y développe sa force, beaucoup de force… Toutefois, pour la souplesse, ça ne va pas si vite.

Tout est *en ordre*… celui de Claire.

☾

Quant à Thomas, peu de temps après *Apostrophes*, il avait rencontré quelqu'un. Cet homme changerait sa vie. Il se nommait Edmond Kaiser. Il dirigeait une organisation d'aide humanitaire. Il ne s'était pas torturé les méninges pour la baptiser. Ça s'appelait Terre des Hommes.

Au marché, on avait remis à Thomas un feuillet d'information.

Lui qui ne regardait jamais tous ces petits machins restait debout place de la Riponne, à lire le fascicule.

Étranger à toute préoccupation d'ordre politique, confessionnel ou racial, faisant acte de justice et non de condescendance, en cette activité exercée simplement de vivants à vivants dans un effacement personnel voisin d'un idéal d'anonymat, Terre des Hommes est constitué de militants bénévoles ou salariés orientés vers un objectif unique : le secours à l'enfant dont il est à la fois l'ambassadeur et l'instrument de vie, de survie et de consolation.

Tout était dit en une seule phrase. Il ne manquait pas de souffle, Edmond Kaiser.

Dans le petit monde romand des affaires, Thomas Thiercy était un personnage. Il joignit facilement Edmond Kaiser. Seul un enfant démuni aurait pu rencontrer plus facilement le philanthrope.

«

— J'aimerais pouvoir vous aider, Edmond.

— Vous le pouvez, je crois.

Les deux hommes se plaisaient. Dans les yeux francs du géant des chemins de fer fédéraux, Edmond Kaiser voyait le petit garçon meurtri.

Thomas avait épluché l'organigramme de Terre des Hommes avec la même efficacité que pour une société dans laquelle un courtier lui aurait proposé d'investir. La paperasse épuisée, il restait un dernier volet à examiner : la réalité, sur le terrain.

Terre des Hommes œuvrait surtout en Afrique et en Amérique du Sud.

— Edmond, que diriez-vous d'un petit tour en Colombie, en passant par le Burkina Faso?

— Nous n'avons pas les moyens de ce genre de luxe, Thomas.

— Moi, si.

Le jet privé de Thomas Thiercy avait trouvé sa vocation.

(

En rentrant de son premier jour de classe, Claire remercie Josette. C'est une dame de plus de soixante ans. Elle a perdu son mari l'année précédente. Le policier retraité a lentement vu fondre toute sa masse musculaire, diminuer sa mobilité et s'éteindre sa vitalité. Il est mort dans un souffle. Court.

Sa femme fait du bénévolat. Elle possède un chalet dans le Valais, tout près de celui de Mamie Germaine. C'est comme ça que Claire l'a rencontrée, peu de temps après le décès du policier. Quand la veuve lui parle de la solitude, après tous ces mois à veiller sur René comme sur un bébé, Claire lui offre de s'occuper d'Ouriel entre la fin de l'école enfantine et son retour du gymnase. Elle ne se résigne pas à laisser Ouriel attraper l'accent de Lourdes. Et puis, ce n'est pas de la méchanceté, mais elle se dit que, tout de même, elle est plutôt inculte, la *brave* Lourdes. Enfin… surtout, elle lui semble trop laxiste avec ses gamins : ils sont tout le temps en train de rire.

Toutefois, au-delà de la bêtise de ses préjugés, sans le savoir, elle sauve Josette de la dépression… à se demander qui rend service à l'autre.

Quand Thomas est absent — ce qui arrive souvent —, Claire se contente d'une soupe, d'un peu de gruyère, d'une salade et d'un bout de gâteau. Ouriel se bourre de poulet, de légumes, de fromage et de jus de fruits. Il faut donner ça aux Méditerranéennes: elles savent faire des enfants en santé qui deviennent des hommes forts.

Elle pense à Raoul; ça l'irrite.

Souvent, elle sort une poussette ultralégère de sous l'escalier et part marcher dans les vignes avec Ouriel.

La plupart du temps, Ouriel ne s'assoit pas dans la poussette. Il la conduit en imitant le bruit d'un moteur d'avion... comme celui de Thomas.

Claire regarde le lac, les montagnes de Savoie au-dessus d'Évian, et prend soin de son enfant.

Qui veille sur elle?

6

Olivier rentre de Fort Liédot. On lui a enlevé le plâtre qui l'immobilisait depuis quelques semaines. Il ne peut pas s'empêcher d'être fier de lui-même et du père Bertrand. Ils viennent de réussir un sacré coup.

Le pauvre Jeannot sortait de la clinique le jour même. Ils sont allés le chercher à Limoges. Il est plus que reconnaissant, le Jeannot. Il est ressuscité. Oui, même le père Bertrand n'en revient pas. Il a perdu dix ans, le délaissé.

— Comment dirais-je? Hum! Hum! T'as quel âge, Jeannot?

— Trente-sept, père Bertrand.

C'est le seul sur toute l'île à l'appeler parfois de son sobriquet. Personne d'autre n'oserait.

— Aujourd'hui.

Le réchappé fond en larmes.

Olivier tente de le faire rire.

— Ben! Tu les fais pas, mon homme. Il faut croire que l'alcool conserve!

— Mais tout de même, je les sens vachement.

Le vieux pêcheur reprend la barre.

— Là, mon Jeannot, tu vas pas le croire, mais sans savoir, on t'a préparé un cadeau.

Le repentant sèche aussitôt ses larmes. Il a une question inattendue.

— Pourquoi?

Olivier regarde dans le rétroviseur.

— Pour rien, mon vieux, pour rien du tout.

— Mais je t'ai presque tué.

— Ben, tu m'as manqué, mon homme. C'est le principal.

Ils arrivent à Fouras. Le père Bertrand s'agite.

— Allez! Allez! Du nerf, on va rater le bac.

Ils stationnent juste à temps pour attraper le bateau.

☾

En ouvrant la porte de Fort Liédot, Jeannot ne sait toujours pas de quel cadeau on lui parle. Il n'ose tout de même pas trop insister. On s'est si souvent foutu de sa gueule au Café de l'Océan.

Il suit les deux hommes et ne dit plus un mot, pour ne pas attirer le mauvais sort.

Le maire se retourne.

— Ferme les yeux, Jeannot.

Il ne se le fait pas dire deux fois. Il ne bouge plus.

Une porte s'ouvre. On le prend par l'épaule. Il marche quelques mètres. Il a un peu peur. La dernière fois qu'il avait accepté de participer à ce jeu, les enfants l'avaient entraîné dans une cave pour jeter un rat mort dans sa culotte.

La voix du père Bertrand le rassure.

— C'est bon, Jeannot, tu peux regarder.

Jeannot jette un œil.

— Ah! Bordel de merde de trou de bite! C'est pour qui?

Olivier a envie de pleurer.

— C'est chez toi, Jeannot.

On lui a aménagé un vrai studio, avec la bombonne de gaz pour le poêle de camping et tout.

La main sur la bouche, Jeannot n'a plus de mots.

Pas le père Bertrand.

— Mais tu vas gagner tout ça, mon bonhomme. Comment dirais-je? On te propose le poste de gardien du fort. Pendant les travaux, il faut un surveillant. Et après, un gardien de sécurité. Il est gros, notre projet.

Jeannot ouvre la bouche.

— C'est quoi?

Le maire sourit.

— Notre projet?

Olivier s'approche du nouvel employé.

— Tu le sauras dans quelques jours. On va l'annoncer ici même.

Le père Bertrand reprend le crachoir.

— Tu le veux, ce job, ou pas?

C'est dans un souffle que Jeannot accepte. Trop d'émotions, c'est trop.

Puis, il ose ajouter la question qui le préoccupe.

— Je pourrai aller aux AA?

Olivier lui tape sur l'épaule.

— On va t'y conduire, mon homme!

❨

Il est si fier de lui, Olivier. Il a besoin de voir quelqu'un qu'il aime. Pas pour parler de ce qui vient de se passer, mais pour partager le trop-plein de bonheur.

Comme il lui arrive parfois de le faire, il entre chez Françoise sans raison.

— Vous ne vous êtes jamais marié, Olivier?

C'est Évelyne qui s'est permis la question. La bibliothécaire de l'île d'Aix est aussi organiste à l'église. Elle a son franc-parler et un naturel pur et dur. Quand elle veut savoir, elle demande.

Le Québécois vient de trouver les deux femmes branchées sur FR 3. «On en arrive toujours là», se dit Olivier.

En silence, Françoise plisse les yeux. Elle veut savoir depuis si longtemps.

— Non, Évelyne. Quand je suis arrivé sur l'île, vous étiez engagée.

Après le départ d'Olivier, *Questions pour un champion* perd tout intérêt.

Évelyne triomphe.

— Je l'aurais juré!

Elle enchaîne.

— Pourtant, il connaît les femmes, c'est sûr. Ce n'est pas un vieux puceau, Françoise.

— Et pas davantage un homme en peine d'amour, Évelyne. Les vrais solitaires, ça existe peut-être?

— Mais ce n'est pas le cas. Il y a autre chose.

☾

Le matin, Olivier quittait le logement des Girouard comme un prisonnier libéré pour la journée. Il aimait l'école. Premier de classe, les études accaparaient peu de son temps. Toutes les activités parascolaires l'intéressaient. Il se plaisait à organiser. Toutefois, il préférait le travail dans l'ombre de personnalités plus flamboyantes. Il poussait en avant un colosse à grande gueule qui cherchait la gloire en s'intéressant peu au travail que demandait le pouvoir. Le gros Louis Durant, président de l'École secondaire Dominique-Racine, s'affichait. Olivier dirigeait. L'intelligence pratique de l'adolescent lui avait permis de saisir le fonctionnement de l'école. Il n'affrontait jamais le directeur. Alexandre Gaumont, frère mariste, venait d'une famille de commerçants. Il appréciait le talent du jeune homme. Il l'invitait à son bureau et discutait avec lui. Le frère Alexandre déplorait le peu d'intérêt des Canadiens français pour les affaires. Il félicitait Olivier pour ses succès et l'encourageait à entreprendre une carrière de *businessman*.

— Organiser un spectacle de Noël comme celui que tu viens de réussir ou planifier l'installation d'une nouvelle usine, c'est pareil. Il s'agit de saisir le besoin, de bien l'analyser et d'y répondre correctement. Le même principe s'applique partout ; c'est la loi du marché.

Olivier comprit tôt le pouvoir de l'argent.

Il proposa au frère directeur de participer à l'initiative des Caisses populaires Desjardins qui installaient des succursales scolaires. Olivier se retrouva responsable de celle de son école et apprit le fonctionnement de l'argent : tout était fondé sur la perspicacité et la confiance. L'expression « on ne prête qu'aux riches » signifiait qu'on n'offrait le pouvoir de l'argent qu'à ceux qui savaient le faire fructifier.

Olivier revoyait sa maman Mireille qui l'appelait dans sa chambre.

☾

— Olivier, va m'acheter un Saguenay Dry avec une Cherry Blossom.

Elle *lyrait*.

— C'est *doll*…

Il connaissait la suite.

— Demande trente sous à *memére*.

Devant Ronald Bellavance, Marie-Marthe Gauthier se jugeait trop bonne pour dire non.

— Va me chercher ma sacoche, Ronald.

Son protégé revenait de la chambre de Mamie Gauthier avec le sac à main.

— Merci, mon p'tit homme.

Elle sortait une bourse de cuir à fermoir métallique pour y puiser une pièce.

— Tiens, mon *quêteux*! Rapporte-moi mon *change*.

Olivier tournait les talons.

— Eh! Eh! Eh! *Kessé* qu'on dit?

— Merci, *memére*.

S'il y avait une chose qu'Olivier savait, c'était ceci: il ne resterait pas pauvre toute sa vie.

☾

Chez les Girouard, on ignorait tout de l'activité du garçon.

Il revenait à l'heure du souper, passait par les toilettes pour l'éjaculation sordide, et disparaissait dans la chambre pour la soirée. Il lisait des Bob Morane.

Puis, Richard rentrait et le fils de la famille s'écrasait dans son grand lit en rotant sa bière.

— Ostie que chu chaud!

Après cette courte prière, le héros de sa maman Jeanne d'Arc coulait à pic dans un sommeil de pierre.

Sans faire grincer le lit pliant, les oreilles largement ouvertes, à l'affût du moindre bruit, Olivier se caressait. Son majeur suivait lentement la couture de chair sous le pénis jusqu'à la racine du gland qui bondissait. Les premières gouttes de liquide séminal lubrifiaient le doigt du garçon qui poursuivait le manège en revoyant le Fido du boucher sur Finette Bellavance. Maintenant, Olivier s'accrochait à une guenon pendant qu'une couronne de singes s'activait tout autour. Le poids de la tristesse écrasait Olivier. Il remplissait sa main fermée pour ne pas salir son pyjama et ses draps. Il étalait la souillure sur son ventre en tirant sur l'élastique du pantalon pour éviter les taches.

Quand la petite croûte recouvrant la peau confirmait que c'était sec, les vagues de la culpabilité venaient lui rappeler la mer de feu, la géhenne éternelle qui l'attendait.

Le matin, Olivier se levait avant tout le monde et filait aux toilettes. Dans la maison, il n'y avait pas de bain, pas de douche, pas d'eau chaude. Le garçon mouillait une débar-bouillette savonneuse et se nettoyait en grelottant de froid.

Pendant que Jeanne d'Arc servait Richard qui occupait trois chaises, une pour chaque pied et l'autre pour le reste du paquet de muscles, Olivier lisait, en silence, le *Progrès du Saguenay*. Puis, il se faisait deux toasts au beurre de peanuts et un café instantané Maxwell House, «bon jusqu'à la dernière goutte», comme le disait la télévision.

Et le cycle quotidien reprenait.

Ce qui tuait Olivier, c'était la culpabilité. Il ne pouvait pas ne pas croire en Dieu.

☾

Il s'en était rendu compte le jour de sa communion solennelle. Olivier faisait tout sérieusement. Il craignait tellement de donner prise au rejet. Il avait suivi avec attention toute la préparation, «marchant au catéchisme» une seconde fois avec la meilleure volonté du monde.

Le soir précédent, il n'avait pas bu une goutte d'eau après minuit; le matin, pendant que *memére* Gauthier préparait du gruau pour Mireille, il offrait sa faim en sacrifice au bon Dieu.

En arrivant dans la cathédrale, *Memére*, aussi à jeun que lui, n'était pas de bonne humeur: elle venait de voir Ronald entre son père et sa mère, dans le premier banc, en avant.

Olivier s'avançait pour être le plus près possible de la sainte table.

Au milieu de l'église, sa grand-mère lui prit le bras.

— On reste *icitte*.

Elle n'était pas fière de remplacer sa fille… mais coudon! En tout cas, pas besoin de s'afficher au premier rang.

Au moment de l'élévation, Olivier, agenouillé, se prosternait comme on le lui avait enseigné. La clochette du servant de messe saluait l'entrée de Dieu dans l'hostie.

Quand il se releva après la consécration, il fut pris d'un malaise.

— *Memére*, j'vas perdre connaissance.

— Toi, *fais pas simple*!

— On est mieux de sortir, *memére*.

— Eh doux Jésus, que t'es *feluette*!

Elle l'attrapa juste à temps.

Olivier se retrouva à demi conscient sur le parvis qui surplombait la rue Racine.

En deux minutes, l'air frais le replaça.

— On peut rentrer, *memére*.

— Eh Seigneur que tu sais pas ce que tu veux.

Au fond, elle était rassurée. Qu'est-ce qu'il aurait fallu faire pour rattraper une communion solennelle ratée?

Quand il rentra dans l'église, quelque chose changea en Olivier, pour toujours. Le prêtre de dos, face à l'autel, les deux servants de messe en soutane et surplis, les enfants de chœur dans les bancs de côté, la voix du chantre, monsieur Couturier, les sœurs encadrant les communiantes, le plafond haut comme le ciel : tout le toucha.

Il s'agenouilla à la sainte table, plein de bonne volonté. Il avala l'hostie sans qu'elle touchât ses dents et il rentra dans le banc. Les mains sur le visage, il s'essayait à l'action de grâce. À ce moment précis, quelque chose se passa. À la jonction de ses auriculaires, au-dessus de la racine du nez, une étoile apparut dans le ciel blanc. Olivier n'aurait pas pu l'expliquer, mais il vit et il crut : Dieu existait. Ce qui était dans le plus petit était bien dans le plus grand, et inversement.

Depuis ce jour, c'était plus fort que lui : il avait la foi ! Comment s'en sortir ?

❨

La solution vint de là où il ne l'attendait pas.

Pour les vacances de Pâques, avant la fin de la onzième et dernière année du cours secondaire scientifique, l'école organisa une retraite d'une semaine à l'ermitage des Capucins, au lac Bouchette. Le frère Alexandre Gaumont proposa à Olivier de prendre en charge la logistique de l'événement, en échange d'une participation gratuite.

❨

Olivier se retrouva dans une cellule de l'ermitage. Il avait peur. On ne pouvait pas verrouiller la porte… et le frère portier était si laid qu'il ne pouvait s'agir que d'un maniaque sexuel. Olivier dormait quelques minutes et se réveillait en sursaut. Jamais il n'aurait osé se toucher. Il craignait trop l'irruption du monstre.

De plus, le prédicateur l'influençait. Le vieux jésuite proposait les exercices spirituels de saint Ignace de Loyola.

Olivier, qui savait se taire, respecta sans effort la consigne du silence.

Au quatrième jour d'abstinence sexuelle, le Vendredi saint, Olivier marcha jusqu'à la petite chapelle. Pendant le déjeuner, on avait écouté un disque. Jacqueline Lemay chantait un hymne à la création : «Il y eut un soir, il y eut un matin… et Dieu vit que cela était beau!»

Ébranlé, inconsciemment ému, Olivier décida de faire le chemin de croix. À la douzième station, il se retrouva crucifié par la douloureuse présence du mal, dans un monde pourtant si beau. Olivier n'aurait pas pu pleurer. Il n'avait pas les moyens d'un tel luxe. Son rythme cardiaque se mit à déraper. L'orphelin vit sa propre mort. Il avait dix-sept ans. Oui, le monde était beau. Il le savait. Le matin, en marchant vers l'école, il voyait le mont Valin, enfariné de neige, levant comme un bon pain sous le soleil blanc de l'hiver. L'été, couché sur les *crans* de Saguenayville, il sentait la chaleur matricielle de la roche. Lui aussi entendait chanter les oiseaux. Il savait également qu'au-dessus de leurs corps tentateurs, les filles avaient des visages d'anges.

Alors, Olivier s'envola. Il quitta sa chair corrompue et confia son âme aux bras paternels du père Lagrange. Le prédicateur jésuite était un homme bon, un adolescent octogénaire qui continuait à réaliser son rêve. Olivier eut ce bonheur de rencontrer une âme vivante. L'orphelin et le prêtre vibrèrent à l'unisson, comme le faisaient les choses de même nature.

Olivier se vida de son malheur. Cette confession générale remit le compteur à zéro.

Encouragé par le vieillard, Olivier décida sur-le-champ de devenir prêtre.

Quelle libération! En quittant le prédicateur, il récita tout un chapelet et monta jusqu'à l'ermitage s'offrir la meilleure douche chaude de toute sa vie.

Un vrai miracle s'accomplit: Olivier demeura chaste. Oh! Bien sûr, il rêvait des horreurs! Mais c'étaient des attaques du démon. Olivier le savait. Il fallait prier. Olivier priait.

En septembre, Olivier avait dix-huit ans: fin de l'aide sociale. Il devait se débrouiller seul.

Il entra au petit séminaire et, grâce à l'Œuvre des vocations, il put entreprendre le cours classique et s'offrir de bonnes études.

Il avait quitté la famille Girouard sans état d'âme.

Pendant les derniers mois, jamais il n'était entré dans les toilettes sans le *Progrès du Saguenay*. Avant même de s'asseoir, il l'étalait sur le panier d'osier blanc. Il couvrait ainsi la tentation pour lire la bande dessinée du *Fantôme*. Il évitait celle de *Blondinette,* à cause des seins pointus sous le chandail de l'héroïne du quotidien.

Son départ marqua un changement chez les Girouard.

☾

Olivier descendait l'escalier avec sa valise et marchait jusqu'à la voiture du frère directeur qui le conduisait fièrement au pensionnat: homme de Dieu, c'était tout de même mieux qu'homme d'affaires.

Assis dans sa chaise berçante, la grosse bouteille de Dow entre les cuisses, l'énorme Denis Girouard regardait la scène. Il attendait que le garçon se retourne une dernière fois.

Il l'avait quelquefois amené pêcher le capelan au crochet, à L'Anse-Saint-Jean. C'était lui qui lui avait enseigné à rouler ses cigarettes. Tout comme Denis Girouard, Olivier les roulait *à l'envers*, le bout collant du papier, au lieu de faire face à la langue, obligeait à une petite gymnastique des doigts pour retourner la cigarette. Tout de même, pour Denis, ça créait des liens. Il était tellement fermé, le gros homme.

Olivier salua le frère Alexandre. Après avoir déposé sa valise dans le coffre de la Chrysler grise, il disparut sans lever la tête vers le logement où il avait vécu pendant cinq ans.

(

Jeanne d'Arc sortit la planche à repasser et brancha le fer. Puis, elle ouvrit la télévision à CJPM.

Une barque glissait sur une jolie rivière. Debout, une perche à la main, un garçon chantait très tendrement: «Ô ma Lola, toi que j'aimais à la folie, c'est tout mon cœur que j'ai laissé en Italie.»

La montagne s'ébranla.

Denis Girouard se leva, entra dans le cabinet de toilette, mit le crochet sur la porte et s'assit sur le trône.

Le gros Denis braillait comme un veau.

(

En route pour le séminaire avec l'homme en soutane, Olivier passait du sexe à la tête.

L'orphelin aurait-il un jour droit à un cœur ?

❨

Au séminaire, dans cette vie si bien réglée, son talent d'organisateur se déploya.

Comme directeur spirituel, il choisit la figure la plus austère parmi les prêtres disponibles. L'abbé Routhier lui enseignait à serrer les mâchoires comme saint Paul. Pour l'Esprit, pas de compromis avec la chair. Dans le cirque, c'était la guerre… entre les lions du Mal et le gladiateur chrétien.

En combattant aussi intensément le mal, Olivier respectait-il trop l'ennemi ?

7

Quand Thomas revient d'une séance de thérapie, Claire le sent. Son père est plus poreux, plus fragile et plus accessible.

Il s'installe dans la salle de séjour et la transforme en salle de concert.

Thomas aime l'opéra. Il est un fan, entre autres, de Wagner. Claire entre dans ce monde par l'ouverture de *Tannhäuser*. Quelle fougue ! Quelle puissance ! Quelle tempête !

La musique la rapproche de Thomas. Il ne revient jamais sur son enfance et ne révèle rien de sa thérapie. Cependant, il lui raconte tout ce qu'il découvre à Terre des Hommes : les malheurs de l'humanité, bien sûr ; mais aussi la bonté si grande de tant de gens. Tous ces médecins qui donnent leur science et leur temps, la présence de plus en plus importante des femmes…

Claire s'assoit avec lui et entre dans la musique.

La jeune fille voit les sons. Elle les transforme en lumière et joue avec les couleurs.

Pendant que Wagner tonitrue, Claire se retire dans une sorte de sanctuaire, au cœur d'elle-même.

Et, curieusement, plus elle accède à ce lieu si secret, plus elle a l'impression de se rapprocher des autres. Il faut partir de là pour aller vers eux, en vérité ; c'est-à-dire entièrement, sans calcul, dans l'innocence.

Thomas peut enfin lui donner quelque chose. Il se met à lui parler de plus en plus souvent de musique. Après Wagner, il lui présente Jean-Sébastien Bach. Quelle immensité!

Certains week-ends, pendant qu'Ouriel se trouve avec Madeleine et Raoul, le père et la fille s'organisent des concerts du samedi.

La première audition de la *Passion selon saint Jean* la chavire.

Thomas et Claire ont passé le samedi après-midi, face au lac, baignés dans la musique sacrée.

Puis, ils se sont attablés: viande séchée des Grisons et fondue; un peu de Dole du Valais et une bonne bouteille de blanc de la coopérative de Villeneuve, dans cet ordre parce que «blanc sur rouge, rien ne bouge; rouge sur blanc, tout fout l'camp».

Les petits bonheurs de la Suisse romande facilitent les confidences. C'est là que Claire annonce à Thomas qu'elle fera médecine. Il n'est pas surpris. Sa fille est du même bois que ces femmes qu'il croise dans les bureaux de Terre des Hommes.

Le géant des chemins de fer découvre peu à peu les parfums de la paix.

☾

Non, Thomas ne haïssait pas les homosexuels et il ne les confondait pas avec les pédophiles. Mais le père de Claire Thiercy n'était ni l'un ni l'autre. Jamais il n'avait été attiré par un homme pour l'aimer. Il voulait le dominer, le salir, le crever. Il attendait que l'autre l'écrase et mêle le sang au sperme dans les odeurs d'urine et de défécation. Chez Thomas Thiercy, la pulsion sexuelle se confondait avec un élan de rage, une énorme colère qui chosifiait l'autre… et qui le brisait lui-même.

Maintenant, Thomas avait vaincu tous les Alfred du monde.

Il vivait enfin au grand jour et n'aurait jamais cru qu'on pouvait être chaste et heureux.

Cependant, il n'avait pas baissé la garde.

❦

Thomas savait que la vie pouvait changer vite et mal. C'était le bien qui se faisait lentement.

Il veillait sur Ouriel et passait tous les mercredis après-midi avec lui.

Le jeune garçon s'extasiait devant les cerfs-volants et les bateaux. Ils avaient adopté Lutry. Dès le printemps, ils venaient manger des glaces au bout de la petite place et partaient sur le voilier de Thomas.

Ouriel aimait aller à Villeneuve. Un ami de Thomas, un vieux peintre de plus de *septante* ans, les y attendait. L'homme des Diablerets était un des derniers à savoir faire la salée ormonanche. Cette pâte feuilletée, couverte de cassonade, cannelle, crème fraîche, beurre, sucre et farine, n'avait rien d'indigeste. Ce manifeste *bourre chrétien* se révélait fin, subtil et délicieux.

Le père Émile n'avait pas de petit-fils. Il s'était volontiers laissé adopter par Ouriel.

Thomas l'admirait depuis toujours. Le colosse vibrait d'un amour si profond pour la Suisse. Il avait fréquenté Gilles et Charles Apothéloz. C'était lui qui créait les décors du théâtreux vaudois aux Faux Nez, rue de Bourg. Sur ses murs, des photos dédicacées de Barbara, Brel, Léo Ferré, Brassens et Félix Leclerc veillaient respectueusement sur les bouteilles de pomme, poire, chartreuse, Suze, Cynar, kirsch et calva.

Le père d'Émile, qui s'appelait Gilbert, avait fréquenté Gandhi, le dalaï lama, Chaplin et Simenon. Quand il montait à Paris, il rendait visite à Cocteau et à sa bande. Le peintre avait raconté à Ouriel l'histoire de Jean Bourgoin. Cet amant de Cocteau et sa sœur lui avaient inspiré *Les Enfants terribles*. Plus tard, Jean Bourgoin s'était converti et retiré dans un monastère, près de Dijon. Devenu frère Pascal, il irait mourir au milieu des lépreux.

L'histoire impressionnait le petit bout d'homme.

— C'était où?

— En Afrique.

— Non, près de Dijon?

— Oh! Juste à côté : il y a des moines depuis plus de neuf cents ans là-bas. C'est l'abbaye de Cîteaux.

En élève studieux, Ouriel avait tout de suite repéré le lieu sur la carte. C'était tout près. Un peu plus de deux courtes heures de TGV le plongeraient vivant dans les histoires du père Émile.

— Tu connais, papa?

Thomas souriait à son fils en hochant la tête de gauche à droite. Il se disait en rigolant que, dans une autre vie, des hommes en robe, ça aurait pu le brancher dur, dur.

❨

Pendant toute la petite enfance d'Ouriel, une impression s'impose à Claire : celle d'être en contact avec une autre dimension. Ouriel n'est pas comme les autres, c'est évident.

À quatre ans, il se met à parler de Dieu… comme ça, sans raison. Il veut tout savoir. Et comme Claire n'y connaît pas grand-chose, elle se met à lire la Bible.

Ouriel veut qu'elle lui raconte. Quand elle lui parle de Joseph vendu par ses frères, de Joseph capable de lire les rêves, de Joseph devenu très puissant et utilisant ce pouvoir, non pas pour se venger mais pour aider ses frères eux-mêmes, elle le voit sourire… comme s'il comprenait des choses qui échappent à sa grande sœur qui se prend pour sa maman. Claire s'en rend compte.

C'est Ouriel qui demande qu'on l'amène à l'église.

☾

Ouriel se tenait devant l'église du Valentin, au cœur de Lausanne. Après avoir gravi un escalier très raide, la bonne Josette, sa gardienne, reprenait son souffle avant de pousser la grande porte. Elle connaissait bien le lieu: elle y faisait du bénévolat. Elle donnait des consignes à l'enfant.

— C'est la maison du bon Dieu, Ouriel, on doit garder le silence.

— Je sais bien, Tati Josette, le bon Dieu, il se tait quand on parle.

Surprise, elle sourit à l'enfant.

— Pourquoi il se tait quand on parle, le bon Dieu?

— Bien, pour nous écouter, quoi!

Là, Josette n'en revenait pas. Une telle évidence… et elle n'y avait jamais pensé: pour prier, il ne s'agissait pas toujours de parler. Et les premiers mots, peut-être les plus importants, ceux qui introduisaient le commandement de l'amour de Dieu dans l'Ancien Testament, prenaient un sens nouveau: « Écoute, Israël… »

— Viens, Tati Josette, on va aller écouter le bon Dieu.

Il était tout petit, tout sérieux, tout content.

Ils avancèrent dans l'église, contournèrent le maître-autel et s'assirent devant le tabernacle, dans l'oratoire.

Le gamin avait fermé les yeux.

Josette, impressionnée, le regardait. Après deux minutes de silence, elle ne pouvait plus se retenir. Elle se pencha et murmura dans l'oreille d'Ouriel.

— Est-ce que tu l'entends?

Il la regarda.

— Mais non, c'est toi qui parles!

Il lui sourit.

Elle se sentit un peu bête. Elle n'était pas mystique, la Josette. Les deux pieds bien sur terre, elle sentait maintenant un petit creux dans l'estomac.

— Tu veux un gâteau?

— Ah oui, je veux bien.

Ils sortirent par la porte de côté pour se retrouver dans une grande cour, attenante à l'église.

— Qu'est-ce qu'il y a ici, Tati Josette?

— Euh… une école, Ouriel.

— Tout à côté de l'église, comme ça?

— Mais oui, tu vois bien?

— Moi, c'est ici que je vais venir à l'école.

Et c'est ce qui arriva.

☾

Il a maintenant six ans. Claire lui raconte l'histoire du jeune Samuel qu'une voix réveillait la nuit dans le temple.

— *Samuel, Samuel!*

L'enfant se leva et courut vers son protecteur, le prophète Élie.

— *Me voici, puisque tu m'as appelé.*

Élie le renvoya se coucher deux fois : il ne l'avait pas appelé.

La troisième fois, il comprit que c'était Yahvé qui parlait à l'enfant.

Quand Yahvé prononça son nom pour la troisième fois, Samuel savait à qui il répondait.

— Parle, car ton serviteur écoute.

Et Dieu parla.

C'est ainsi que le grand prophète Samuel connut sa vocation.

Ouriel écoute avec tellement d'attention ce qu'elle lit dans la Bible pour enfants que Claire s'interrompt et le regarde. Une telle lumière émane de son bébé! Cet enfant sait des choses…

8

Le père Bertrand trône sur l'estrade improvisée, au milieu de la place de Fort Liédot. Olivier se tient à sa droite.

Une trentaine d'Aixois sont assis sur les chaises pliantes.

— Bon! D'abord, merci d'être venus aussi nombreux. Comment dirais-je? Hum! Hum! C'est bon de sentir que votre île vous tient à cœur. Merci également aux représentants des médias.

Il n'y a qu'une journaliste du *Sud-Ouest*, le journal de la région. Elle est là parce qu'on avait confirmé la présence de représentants du Conseil général de Charente-Maritime. Elle se sent flouée; il n'y en a pas. Janine Flasch a mal aux jambes, elle n'a pas assez dormi: son plus jeune a toussé toute la nuit, et sa grande fille est encore restée trois heures au téléphone avec ses amies. Elle va les assassiner en page 8, ces ploucs.

Jeannot est installé tout près de la grande porte. Il semble compter les gens. Obéissant au maire, c'est bien ce qu'il fait.

Un coup de klaxon interrompt le maire.

Jeannot sort en courant pour faire respecter l'ordre.

Il revient tout aussi vite.

— C'est Bono, père Bertrand. Il a du monde dans sa R 4.

Le secrétaire du Conseil général de Charente-Maritime, accompagné de sa jolie assistante Geneviève, fonce vers l'estrade.

— Désolé, mon ami, nous avons manqué le bateau.

Le père Bertrand ne s'en laisse pas imposer par les grands airs de François Royal.

— Vous n'avez pas pensé à nous prévenir? Nous vous aurions attendus.

François Royal s'étonne.

— Mais si! On vous a prévenus! Geneviève?

Mademoiselle Efficacité s'approche du père Bertrand.

— J'ai tenté, je ne sais combien de fois, de vous joindre au numéro de portable que vous m'avez laissé.

Le père Bertrand a un doute... sur lui-même. Il fouille dans sa poche et sort son téléphone.

— Comment dirais-je? Il est fermé.

Le grand rire des trente Aixois présents installe un climat bon enfant qui sert magnifiquement la cause du rassemblement.

Avant de laisser les honneurs de la conclusion et l'annonce de subvention à François Royal, le maire cède la parole à Olivier.

— C'est d'abord son idée, alors, autant le laisser la présenter.

Olivier n'a jamais aimé parler en public. Ce sera court.

— Ça va s'appeler La Famille en Fête. On va monter un concours où se retrouveront les meilleures troupes de théâtre pour enfants. On va créer des ateliers pour initier les jeunes à la chanson, au théâtre, à l'animation virtuelle. On a l'appui du Conseil général, la présence de monsieur Royal, que je remercie, vous le confirme. On est en négociation avec FR 3, mais comme ça ne bouge pas vite, on a pensé qu'un peu de pression des médias de la région pourra faire progresser les choses. Les enfants ne demandent qu'à être heureux. Pour les parents, ce n'est pas toujours évident. Ils courent tellement.

On se dit que, pendant qu'ils se reposeront un peu, on montrera autre chose que des jeux vidéo à leurs gamins. Le festival pourra faire le bonheur des parents. Et celui de bien des Aixoises et Aixois. Imaginez la scène : dans le soleil couchant, de Pâques à la Toussaint, les terrasses de l'Aixois, du Pressoir, des Paillottes, de Chez Françoise et du Café de l'Océan vont s'animer comme jamais. Et pendant ce temps, vous saurez que vos enfants ne sont pas en train de se faire mal.

Il vient de toucher la journaliste du *Sud-Ouest*. Au lieu de les descendre en flammes, Janine Flasch va se ranger dans leur camp et ne lâchera pas FR 3. Elle le veut, ce festival… et ce n'est pas de l'altruisme.

Les applaudissements des Aixois crépitent comme une caisse enregistreuse.

Pendant qu'on manifeste son approbation, Olivier se rassoit et ferme les yeux.

❰

Durant toutes ses années d'adolescence, Olivier avait peu vu sa maman Mireille. Elle vivait chez des religieuses. Elle se plaignait tellement ; ça devenait agaçant. Pour la bâillonner, elles la médicamentaient jusqu'à l'état végétatif. Déjà paralysée, Mireille se laissait enfermer dans une camisole chimique. Elle reconnaissait à peine son fils adoptif. Elle ne semblait jamais contente de le voir.

Alors, il espaça de plus en plus ses visites et finit par ne plus se rendre à l'hospice.

Ce fut sans grande émotion qu'il écouta l'abbé Routhier lui annoncer la mort de Mireille. Il devait aller à l'enterrement. Son confesseur le confirmait : pour un futur prêtre, c'était une question de charité chrétienne et de piété filiale.

❨

Couchée dans son cercueil, Mireille Genest dégageait plus d'intelligence que du temps de son vivant. En effet, elle avait bien caché son jeu. Olivier le découvrit le jour de l'enterrement. L'abbé Eugène Brochu, curé de la paroisse Saint-Enfant-Jésus du Mile End, avait refait le déplacement. C'était le seul visiteur dans la chapelle. Les religieuses lui avaient proposé de célébrer le service funèbre et l'aumônier de l'hospice s'était dégagé de la corvée avec beaucoup de mansuétude.

La chapelle suintait la tristesse. Le chemin de croix en plâtre peint grimaçait tout autour. Quelques vieux s'accrochaient aux dernières stations, comme si de constater le décès de Jésus les aidait à se sentir encore de ce monde. Une petite vieille, bossue, édentée et presque chauve, toussait sur son chapelet. À gauche de l'autel, la statue de la Sainte Vierge tenait l'enfant Jésus dans ses bras. À droite, celle de saint Joseph donnait la main au même enfant Jésus, pris en flagrant délit d'ubiquité. Au-dessus de l'autel, une grande croix hyperréaliste présentait le même Jésus, crucifié, saignant sa peinture rouge.

Tout ça était d'une pauvreté navrante. Olivier avait du mal à s'imaginer y célébrant un jour la messe.

Au moment de rendre hommage à la défunte, l'abbé Brochu dressa un tableau idyllique des années de bonheur vécues par Mireille et Marcel, avec cet enfant qui réjouissait tant le cœur de ses parents adoptifs. Le curé ne le disait pas en chaire ce jour-là, mais il se souvenait des confidences du couple. Ils arriveraient bien à sortir l'orphelin de cette peine qui le faisait inconsciemment souffrir : celle d'avoir été abandonné à la naissance.

Olivier entendait parler de sa petite enfance pour la première fois depuis des années. Il ne la reconnaissait pas, mais il se souvenait si peu. Il revoyait le parc minuscule devant l'église et, juste à côté, cette école qu'il avait tellement hâte de fréquenter comme les grands. Il se tendait si fort vers l'avenir quand ce stupide accident avait coupé le fil de sa vie.

Et tout de même, Olivier n'était pas que triste. On le sentait très sensible et comme intimidé par cette grande vulnérabilité. Marcel et Mireille lui offraient toute la sécurité qui finirait bien par lui donner confiance dans la vie. Déjà, ils voyaient une différence entre le bébé trop sage et le bambin de quatre ans jouant au Jardin des Merveilles.

❨

C'était le vingt-quatre juin, la Saint-Jean-Baptiste, la *fête du patron des Canadiens français*. Pour la première fois, Olivier avait assisté à la parade. Il aurait tellement aimé prendre la place du petit garçon sur le char allégorique qui clôturait le défilé. Hélas! Pour cela, il fallait être blond et frisé. Les couettes brunes d'Olivier le disqualifiaient.

Il entra au Jardin des Merveilles du parc LaFontaine. Tout de suite, Marcel lui offrit une barbe à papa.

Le nuage de sucre rose lui ouvrait un peu le cœur.

— C'est bon!

Mireille regardait fièrement ses deux hommes.

— Ça s'appelle de la barbe à papa.

Olivier riait enfin.

— C'est ta barbe, papa? Je mange la barbe à papa, je mange la barbe à papa…

Il tournait sur lui-même en sautillant.

Enfin, Mireille et Marcel Genest avaient une famille.

Marcel fit un signe de tête à Mireille. Elle se pencha sur l'enfant.

— Aimerais-tu ça avoir une petite sœur, Olivier?

— Deux! J'en veux deux. Aussi, un petit frère.

Marcel faisait sonner son *change* dans sa poche.

— Ben là, on va commencer par un…

Il riait.

(

Dans la triste chapelle où Mireille disparaissait sans laisser de traces, Olivier se crispait. Marcel Genest n'avait pas le droit de mourir dans cet accident de voiture. Olivier avait bien raison de ne pas faire confiance. Le bien-fondé de sa méfiance se confirmait: il était toujours abandonné.

Après l'enterrement, le curé de Saint-Enfant-Jésus acheva, en toute innocence, le travail de culpabilisation. Il prit Olivier à part et lui confia son grand secret. Après la mort de Marcel, il avait utilisé la clé du coffre bancaire que celui-ci laissait au presbytère depuis l'adoption. S'il «arrivait quelque chose», Marcel ne voulait pas que son fils soit démuni. Tant que Mireille avait vécu, l'abbé Brochu ne s'était pas manifesté. Il savait que les religieuses de l'hospice sauteraient sur le magot et que l'aide sociale se paierait.

Maintenant, la voie était libre: plus de Mireille et plus de fonctionnaires pour exiger un remboursement. Olivier disposait de cinq mille dollars. C'était plus qu'une année du salaire d'un enseignant.

À dix-neuf ans, Olivier terminait sa rhétorique. L'argent ébranlait sérieusement sa vocation. Il n'était pas au bout de ses surprises. L'abbé Brochu lui confirma que sa maman

Mireille connaissait l'existence de ce coffre bancaire. Elle avait confié au curé son impression de ne pas se sentir aimée par cet enfant qu'elle n'était jamais arrivée à comprendre. La famille de canards hébergeait un cygne. Déjà tout gamin, Olivier semblait les mépriser d'aimer jouer aux quilles et au bingo.

Mireille et Marcel avaient nourri un ingrat. Oh! Ce n'était pas la faute de l'enfant : l'hérédité sans doute…

Olivier pouvait-il aimer? En vivant chez les Girouard, ce couple qui ne se parlait pas et qui s'endurait en *toughant la run*, il avait tiré ses conclusions sur l'amour. Qu'est-ce que c'était que ça, l'amour? Une sorte de maladie, une faiblesse, une forme débile de dépendance? La porte ouverte à la déception? Une loterie où personne ne gagnait? Une justification de la pulsion sexuelle? Une sinistre hypocrisie, oui! Une mascarade de consentement pour satisfaire le système glandulaire, quoi! Pas de ça pour Olivier : il était beaucoup trop intelligent pour se laisser berner.

La clé du coffre dans les mains, Olivier voyait s'effondrer son château de cartes. Ces deux imbéciles l'avaient vraiment aimé.

« Celui qui le dit, c'est lui qui l'est. » C'est ce que Marcel répondait à un insulteur. Au-delà de sa tombe, il renvoyait la balle à son fils et Olivier ne pouvait pas se cacher la vérité : le plus imbécile, c'était lui-même.

L'abbé Brochu voyait bien que le jeune homme était sonné. Il ne savait pas comment l'aider. L'adolescent n'offrait aucune prise. Il lui laissa ses coordonnées et l'invita au presbytère quand il passerait à la caisse populaire où l'attendait l'argent de Marcel dans le coffre au nom du prêtre.

Tout ce réseau de confiance autour de lui et il l'ignorait! Il aurait bien pu garder le magot, l'abbé. Personne n'eût été en mesure de protester. En acceptant de vivre sous l'emprise de l'horrible grand-mère, médisante et sèche, Mireille Genest s'était tuée. Elle avait laissé sa mère calomnier le défunt Marcel pendant des années pour permettre à son petit cygne noir de quitter la mare aux canards. Elle avait l'intelligence de savoir qu'Olivier mépriserait sa famille d'accueil du foyer nourricier. Son grand péché d'orgueil le protégerait de la promiscuité. Et elle avait vu juste : dans cette famille de dentiers, Olivier se brossait les dents trois fois par jour et ne perdait jamais le masque du sourire.

Il était tellement hypocrite qu'il ne s'en rendait pas compte.

Or, le matin de l'enterrement de Mireille, cette période d'inconscience crasse prenait fin. Il ne s'agissait plus de lutter contre un sentiment de culpabilité ; il fallait pour lui admettre un fait : il était coupable ! Son propre égoïsme lui sautait au visage. Sa sexualité de merde se révélait enfin : il avait détourné cet élan vers les autres qui s'appelait l'attraction sexuelle pour s'isoler et se réduire à un triste branleur.

Oui, la foi l'avait sorti de là, mais elle ne le menait nulle part. Il n'admirait pas les prêtres du séminaire. C'étaient des vieux garçons qui sublimaient dans le sport, les arts, les études et la manipulation des consciences. On lui disait que Dieu demandait trois choses : prier, étudier et travailler.

Olivier s'était lancé à corps perdu dans les études. Il n'acceptait pas de perdre un seul point à cause d'une faiblesse de mémoire. Le vocabulaire latin, les sciences et les mathématiques exigeaient une note de cent pour cent. Les mesures approximatives du français, de l'histoire, de la philosophie et de la religion l'exaspéraient. Tout ce qui ne se mesurait pas exactement, qui ne se quantifiait pas précisément avait droit à son mépris le plus condescendant.

Depuis son entrée au séminaire, Olivier avait paralysé son sexe en le plaçant sous l'œil terrible de l'abbé Routhier, son grand inquisiteur personnel. Le regard délavé du vieux prêtre voyait tout. Si Olivier avait péché, il l'aurait su. Le jeune homme avait choisi le meilleur geôlier disponible et le garçon ne quittait jamais le pensionnat. Aux vacances d'été, tout comme à Noël et à Pâques, il assurait le service à la porterie. L'économe du séminaire lui donnait du travail comptable et lui permettait ainsi de payer les frais que l'Œuvre des vocations ne couvrait pas.

Depuis toujours, partout où il allait, Olivier voyait les choses se mettre en place. On aurait dit qu'à son contact, tout s'organisait. Dans son malheur apparent, Olivier se sentait marqué par la chance. Un halo protecteur l'enveloppait.

Olivier remercia l'abbé Brochu qui repartait pour Montréal. Pour la première fois depuis deux ans, Olivier se retrouva seul dans Chicoutimi. Il devait rentrer au pensionnat par le train, après le souper. À onze heures du matin, il se découvrait riche d'une journée complète de liberté totale. Pour s'excuser de ne pas partager avec lui le repas du midi à l'hospice, l'abbé Brochu lui avait glissé un billet dans la main en clignant de l'œil.

— Tiens! Va au restaurant, c'est pas mangeable ici.

Il laissa Olivier dans la rue Racine, en face de la cathédrale.

Le jeune homme, riche de ces vingt dollars, ne le retint surtout pas. Il marcha d'abord vers la promenade de Rivière-du-Moulin. C'était le joli mois de mai; il faisait beau. Le Saguenay, déjà large comme un fleuve, y buvait la rivière Langevin pour sertir encore mieux sa majesté la reine: Chicoutimi.

Olivier traversa le pont, marcha jusqu'en haut de la côte et s'assit dans un fauteuil en bois, une sorte de trône naïf, sur la terrasse du Parasol, l'hôtel tout blanc qui offrait la plus belle vue de la région.

Il avait toujours regardé sa ville à travers les grands réservoirs d'essence du port ou à partir du «trou de la moutonne», où vivaient les Girouard. Là-bas, il fallait lever la tête pour contempler le mont Valin et les monts Sainte-Marguerite. Dans cette perspective, il était perdu dans les méandres de la ville et s'y sentait tout petit.

Ici, le Parasol surplombait le paysage et l'on voyait bien au-delà de Chicoutimi. Voici qu'Olivier vivait à son tour la troisième tentation à laquelle avait résisté Jésus, transporté par le diable sur une très haute montagne pour se voir offrir la domination sur le monde.

Loin d'imiter Jésus, Olivier plongea la tête la première dans l'abîme. Il voulait du pouvoir! La machine à calculer crépitait sous les cheveux taillés en brosse. Il se raisonnait : c'était la peur qui l'avait jeté dans les bras des curés. Il était prêt à étouffer toutes ses ambitions contre la sécurité des repas prêts et la chasteté qui épargnait les blessures. Il n'avait pas le droit de fuir la vie par lâcheté. Car, au fond, ce qu'Olivier avait recherché, c'était un refuge, un trou pour ne pas vivre... et attendre que ça passe.

L'argent changeait tout : fin de la vocation sacerdotale.

Quand il redescendit la côte vers le centre-ville, une impression inconnue assombrissait son sentiment triomphal. Il sentait des anneaux de fer se refermer entre ses côtes. La névralgie intercostale annonçait une intruse qui venait s'installer : l'angoisse.

Olivier agitait les bras et inspirait par le ventre sans trop ouvrir sa cage thoracique qui protestait.

C'était l'heure de manger. Il entra chez George Steak House et commanda un steak haché oriental avec un Coke. Comme la serveuse repartait, il la rappela et remplaça le Coke par un carafon de vin rouge.

Une demi-heure plus tard, une chose extraordinaire s'était produite. Les côtes d'Olivier se déployaient avec l'aisance d'un bon accordéon. L'assiette vide et le carafon bu, Olivier traversa la rue Racine en diagonale et entra à la Tabagie 500, chez Bob Hébert. Il marmonna quelques mots.

Il ressortit avec son premier *Playboy*.

9

À treize ans, Ouriel quitte la maison pour le collège de Saint-Maurice d'Agaune, dans le Valais. Il part toute la semaine et ne revient pas toujours du vendredi au dimanche. Souvent, il rejoint Mamie Germaine. Elle sait si bien respecter son besoin de solitude et de silence. Il aime tellement le grand air des montagnes et l'harmonie des vallées. Il herborise et prie en parlant aux oiseaux.

— Qu'est-ce que tu fais ici, toi?

— …

Le volatile semble lui répondre.

Thomas, que son entreprise retient peu, est devenu pilote privé pour Terre des Hommes. Il prend de plus en plus de risques et déborde même le cadre de l'organisation. Il fonce vers le danger pour en retirer des jeunes désespérés. Chez les hommes d'affaires suisses, on apprécie peu la démesure. Pour tout ce beau monde, Thomas a franchi la frontière depuis longtemps. Seule sa fortune lui épargne l'ostracisme trop manifeste. Mais il a perdu tout intérêt pour les raclettes corporatistes.

❝

Claire comprend ce qui motive Thomas et le laisse soigner sa peine. Il a trouvé une cause, donné un sens à sa vie.

Elle a fait médecine et s'est ensuite installée aux urgences du CHUV. Au Centre hospitalier universitaire vaudois, elle semble prolonger sa vie d'étudiante depuis plusieurs années. Il n'était pas question de bouger tant qu'Ouriel resterait à la maison. Pendant toutes les années de pensionnat d'Ouriel, Claire ne remue ni pied ni patte. Elle attend toujours que le ciel lui tombe sur la tête… et se méfie du bien-être apparent du jeune homme. En cas de coup dur, elle veut être là. En fait, elle n'arrive pas à le lâcher.

(

À la Toussaint de 1998, Claire et Ouriel passent, seul à seul, la fin de semaine au chalet de Madeleine, dans le Valais.

Le dimanche midi, au retour de la messe qu'Ouriel n'aurait pas accepté de manquer, elle se décide enfin. Elle a préparé un saucisson vaudois avec des coquillettes : un vrai plat familial bien rassurant.

Ils écoutent l'enregistrement des chants du pays de la chorale Chantecler. C'est si beau, la vie.

Ouriel a eu dix-huit ans en mai, Claire entend sonner la cloche des trente-cinq ans. Il est temps de bouger.

En mangeant une meringue dont la crème est si épaisse que la cuillère y tient debout toute seule, elle plonge.

— Je vais partir un moment, je crois bien.

— Ah bon !

— Ça te va que je parte ?

— Mais oui, bien sûr. Pourquoi pas ?

— Tu n'as pas peur de te retrouver seul ?

Ouriel sourit.

— Claire ! J'ai dix-huit ans ! Et puis, il y a papa, maman, Raoul, Mamie Germaine et tous les autres. Mais non, je n'ai pas peur. Je ne m'ennuierai pas.

Elle semble presque déçue. Il lui offre un bonbon.

— Pas trop !

À son tour, elle sourit.

— Tu vas entrer à l'université dans moins d'une année. Le temps que je m'organise, on va changer de vie à peu près en même temps.

Ouriel ne pose pas de questions.

Elle a envie de le lui reprocher.

— Tu ne me demandes pas où je vais ?

— Euh… je me dis que si tu veux m'en parler, tu vas le faire. Autrement, je l'apprendrai bien quand tu partiras.

— Tu n'es pas très curieux.

— Si ! Je suis curieux… mais pas pressé !

Claire n'a plus envie de dévoiler son projet. Elle est presque vexée. Elle fait diversion.

— Tu vas veiller sur papa ?

— Oh ! Je crois pas qu'il en ait vraiment besoin, hein !

Claire se sent irritée : un peu plus et il lui dit qu'elle est inutile, quoi !

Elle conclut d'une façon très vaudoise.

— Tu veux une tisane ?

— Volontiers.

— Tilleul ou menthe ?

— Verveine, s'il te plaît.

Il y a maintenant une distance entre eux.

Ouriel juge qu'il est temps. Il a aussi des projets et ne veut rien dire. C'est surtout pour empêcher le retour de balle qu'il ne pose pas de questions. Il devient adulte et ses rapports avec

Claire doivent évoluer : que l'on passe à des relations égales entre adultes.

((

Le lundi, elle prend congé. Quand Thomas rentre en fin d'après-midi, il trouve une Claire affairée à la cuisine. Elle avait remercié Lourdes de ses services au départ d'Ouriel pour Saint-Maurice. La belle Portugaise travaille maintenant chez un écrivain célèbre, sur les hauteurs d'Épalinges. Contrairement à Claire, le nouveau patron accueille avec bonheur Antonio et Juan, les fils de la cuisinière. Cependant, les intentions de l'artiste n'ont pas la pureté que Lourdes leur accorde. Thomas ne savait pas ce qu'il faisait en lui remettant la lettre de références qui lui ouvrait les portes du pédophile américain.

Depuis le départ d'Ouriel, Claire habite le plus souvent seule la grande maison. Cependant, Josette ne lâche pas le morceau. L'ancienne gardienne d'Ouriel joue à la femme de ménage sans que les protestations de Claire la remettent en question. Josette ne possède pas le sens du rejet.

Tout au fond d'elle-même, dans un recoin que le conscient n'éclaire pas, Claire en profite. La maison étant déjà propre, ça lui permet justement, en ce lundi de congé, de préparer des filets de perchettes du lac avec de vraies frites ; pas des trucs congelés.

C'est souvent à table, au moment du gruyère, que Claire ouvre son jeu.

Thomas reprend une goutte de gamay vaudois en se doutant bien que sa fille va parler.

— J'ai demandé une année sabbatique au CHUV.

Le Centre hospitalier universitaire vaudois a eu le choix : c'était ça ou la démission.

Thomas pose le couteau.

— Ah bon ! On peut savoir ce que tu vas faire ?

Claire enfourne un bout de pain et, la bouche pleine, elle se sent la force de répondre.

— Je vais avec toi.

— Pardon ?

— Je passe à Terre des Hommes.

La réaction de Thomas la déroute.

— Peux-tu attendre ?

— Quoi ? Pourquoi ?

— Pour toi. Quand tu t'es réfugiée dans l'éducation d'Ouriel, je n'ai pas protesté. Ensuite, pendant toutes ces années, je savais que tu t'accrochais à lui. Maintenant, tu n'es plus dans le même besoin. Tu ne vas pas désormais t'enivrer dans l'aide humanitaire.

— Papa, j'ai envie d'aider tous ces gosses. C'est uniquement pour ça que j'ai fait médecine.

— Claire, tu n'es pas prête à t'engager avec nous. Il te manque un truc.

— Comment, il me manque un truc ? Quoi ?

— La belle dose d'égoïsme qui doit nous mener pendant quelques années. C'est l'égoïsme qui m'a conduit vers Edmond Kaiser. Ma chérie, va t'occuper de la jeune fille de seize ans qui a sauvé son papa pervers, sa maman irresponsable et son petit frère si fragile. Tu es la personne la plus irréprochable que je connaisse. Et ce n'est pas un compliment ! Je dirais qu'il s'agit plutôt d'un diagnostic, docteur. Va gentiment faire quelques conneries. Tu es trop parfaite, ce n'est pas sain.

Claire voudrait protester, mais elle revoit une scène qui l'en empêche. Elle est assise à la cafétéria du CHUV avec un jeune confrère bourguignon. Jamais un homme ne lui a autant plu que ce Charles Petit. Pour la première fois, elle pourrait épouser quelqu'un. Elle en est d'autant plus réservée. Il s'agit de ne pas le blesser. Il est si touchant d'honnêteté quand il se raconte.

— C'est à cause de ma grand-mère que je suis médecin.

— Pourquoi? Elle voulait diriger la vie de son petit-fils?

— Non, elle ne sait même pas qu'elle a été ma motivation.

Claire bâille.

— Pardon! Ce n'est pas à cause de vous.

— Oh! Je suis tout aussi crevé.

Ils sortent d'une véritable tempête. Une collision frontale impliquant deux familles a débordé l'urgence pendant quatre heures. La fatigue les rapproche. Claire allonge les jambes, étire les bras au point d'en faire des ailes.

Il ne dit plus rien. Il l'embrasserait, ici, tout de suite et… pour toujours.

Elle le rattrape.

— Dites-moi tout!

— Quand j'étais gamin, elle avait une telle frousse des médecins que je me suis dit qu'un jour, je serais docteur et qu'elle n'aurait plus peur.

Pendant qu'il parle, Claire lui sourit. Il est trop mignon, celui-là. Pas touche! Car Claire a depuis plusieurs années une vie sexuelle active. Sa belle santé pratique le sexe amical.

Il n'y a pas de place pour une histoire d'amour dans la vie de la jeune femme.

Depuis que son père est revenu de Colombie avec Edmond Kaiser, elle file droit au but. Elle va aider les enfants qui vivent déjà ; pas question d'en faire pour elle toute seule. Elle ne va pas se réfugier entre le chien et la fondue… suisse ou bourguignonne.

❰

Thomas l'a regardée vivre. Il est désolé qu'aucune histoire d'amour ne soit venue lui meurtrir le cœur. Il faudra qu'elle revienne les ailes brisées pour plonger dans la misère du monde sans se désespérer. La philanthropie est une affaire de solidarité entre démunis. Les missionnaires ne sont que d'embarrassants prosélytes. Non, ça ne s'explique pas.

❰

Thomas a ébranlé sa fille. Elle perçoit vaguement qu'elle a esquivé une chose importante avec Charles Petit.

Puisque c'est comme ça, elle va écouter son papa et aller jouer dehors.

S'ensuit une libération qui l'étonne.

10

Toute sa belle réflexion sur le sexe solitaire disparue dans le carafon de vin, Olivier descendait vers le port avec le *Playboy* dans son sac de papier brun. C'était comme pour la bière des hommes et les Kotex des femmes : la honte anonyme. Il cherchait une cachette pour déployer la page centrale du magazine. Il longeait les grands réservoirs d'essence et désespérait d'y arriver. Il passa tout près de la rue Smith que *memére* avait hantée toute sa vie. Il se retrouva au bout de la rue, au pied du bassin, là où le barrage de la compagnie Price retenait la rivière Chicoutimi. Parfois, on ouvrait les pelles pour évacuer le trop-plein. Il passa le pont sous la bruine artificielle et pénétra dans un joli sous-bois, derrière les belles maisons de la compagnie.

C'est là qu'il fit sa petite affaire en lorgnant une fausse blonde… comme le prouvait la photo.

Si seulement il arrivait à se débarrasser de cette déprime idiote qui suivait toujours. Il lui restait bien du travail pour se dégager de l'influence de toutes ces soutanes. Non, ce ne serait pas facile, mais Olivier savait au moins la chose la plus importante : il ne finirait pas comme eux. Pour ça, il faudrait desserrer lentement l'étau. Oui, ce serait long. Olivier ne l'ignorait pas ; tout comme il était certain d'y arriver. Cette culpabilité l'enrageait. Comment s'en dégager ? Olivier ne savait pas quoi faire. Il avait même envie de jeter le *Playboy*, tout de suite, ici, maintenant.

Ah! L'idée lui faisait du bien!

Avant de s'en débarrasser, il le feuilletterait au moins jusqu'au bout... Hou la la! Non! Pas question de le larguer. Dans les dernières pages, une petite rousse — poitrine généreuse et regard vert, nue sur un drap de satin vert — l'hypnotisait. Déjà Olivier s'activait. Les yeux rivés sur le triangle roux — car c'était une vraie rousse —, «Jésus tombait pour la seconde fois». Il se répandit sur le papier glacé, au-dessus des *boules* si belles, en rêvant qu'elle le suçait.

Quand il leva les yeux, l'horreur le hérissa. Quelqu'un l'observait. Un infirme avançait une jambe tordue en agitant un bras replié d'où pendait une main molle. La bouche croche bavait deux mots: «Crosser, Manu...» Un rire idiot lui sortait du nez d'où coulait la morve en formant des bulles.

Olivier voyait le démon! Le diable lui apparaissait. Il lança le *Playboy* sur Manu et s'arracha à la terreur blanche qui le rendait muet. Manu agitait déjà sa main valide dans son pantalon trop large.

☾

Olivier se retrouva devant le Théâtre Impérial, tremblant de peur. C'était un signe! Il ne savait pas de quoi, mais c'était un signe. Il n'était pas loin de croire que l'infirmité du monstre libidineux punissait le péché d'un ancêtre quelconque: une tare familiale, la dégénérescence dont parlait le frère Miville.

Or, Olivier ne connaissait pas ses origines. C'étaient qui, ses salauds de parents qui l'avaient jeté dans cette poubelle d'orphelinat?

Il était trois heures, «l'heure du Christ». Olivier mourait de froide solitude sous le bon soleil printanier, devant le Théâtre Impérial, face au Saguenay majestueux. Le jeune homme s'engouffra dans le cinéma et disparut dans un film de cow-boy.

❨

Il rentra au séminaire par le train du soir et fila dans sa chambre après le mot de bienvenue du vieux portier qu'il remplaçait l'été précédent.

Pas moyen de dormir! Olivier devait sortir de là; il fallait quitter le pensionnat à la fin de l'année scolaire. Le cercle de fer se refermait sur ses côtes.

Le matin, à la messe, Olivier communia. Il ne pouvait pas faire autrement. Il renia l'abbé Routhier, son directeur spirituel, et choisit, pour lui succéder, le plus mou des prêtres du séminaire. Il s'en servirait pour obtenir les permissions nécessaires à la mise en place de son projet.

❨

C'est ainsi que l'automne suivant, il se retrouva au Collège classique de Jonquière.

La liberté! Le concile Vatican II sortait le diable de l'Église. Au collège, certains pères oblats se faisaient appeler par leur prénom et on les tutoyait. En philosophie, c'était le monde à l'envers: saint Thomas d'Aquin faisait partie de l'histoire de la philosophie au même titre que les autres. La recherche de la vérité passait avant la transmission du dogme. La conscience sociale avait préséance sur la soumission à la hiérarchie, quelle qu'elle soit. Plusieurs prêtres quittaient le sacerdoce, les frères et les sœurs vidaient les couvents… et même les étudiants se syndiquaient. De plus, suprême révolution, au Collège de Jonquière, on acceptait les filles.

Olivier vivait à la résidence d'étudiants. Toutefois, l'encadrement n'avait rien à voir avec celui du séminaire. Il pouvait sortir à son gré et s'il ne voulait pas rentrer dormir, personne ne s'en rendrait compte.

☾

En quittant le pensionnat, à la fin de l'année scolaire, il était monté à Montréal. L'abbé Brochu l'avait reçu au presbytère de Saint-Enfant-Jésus. Il avait encouragé Olivier à s'inscrire aux prêts et bourses du ministère de l'Éducation.

Olivier passa l'été 1965 à Montréal, où il travailla pour le service des parcs municipaux. L'abbé Brochu, qui connaissait tout le monde, s'était débrouillé pour le faire engager.

Un mardi matin du mois d'août, une curieuse roulotte s'installa juste à côté des courts de tennis qu'Olivier surveillait. Une espèce de fou français s'agitait au milieu d'une bande de jeunes gens.

— Tu fais chier, Ducon! Allez! Magnez-vous, crisse! Lâche ta maudite guitare, Charlebois! Viens te faire des muscles!

Le grand adolescent frisé fit un clin d'œil à Olivier.

— Il est pas méchant. Il mord pas. Il a juste une grande gueule. C'est un Français!

Olivier lui était reconnaissant de ne pas l'ignorer.

— Vous voulez un coup de main?

Buissonneau chargea.

— J'ai entendu! T'es qui, toi?

— Je surveille le parc, mais ça m'empêche pas de vous aider.

On n'avait pas besoin de s'offrir deux fois.

— Ah le con! Enfin un mec qui a pas peur de mouiller sa chemise. C'est quoi ton nom?

— Olivier, Olivier Genest.

— Suis-moi, Genest.

Olivier passa deux heures en état d'apesanteur. Cette fébrilité le rendait heureux. Quand tout fut prêt, il était presque déçu que ce soit déjà fini. Il s'en allait quand la voix de Buissonneau résonna.

— Où tu vas, Genest?

— Ben, on a fini, je pense.

— Tu fais quoi, là?

— Rien, je surveille.

— Tu surveilleras d'ici. Allez! Viens boire un Pepsi avec les autres.

Profitant de son nouveau public, Paul Buissonneau reprenait le récit de son enfance dans le treizième arrondissement de Paris, comment il avait su se débrouiller pendant la guerre. Au fond de sa grande gueule, il avait un cœur en or, le Parigot. Le conteur éblouissait Olivier. Jamais la *liqueur* n'avait eu si bon goût.

En fin d'après-midi, émerveillé, Olivier assistait au spectacle pour enfants de la Roulotte des Parcs de Montréal.

Olivier viendrait s'installer dans la métropole, c'était décidé. Il vivrait libre et anonyme dans la grande ville.

☽

Au Collège de Jonquière, Olivier se fit des amis. De vrais amis avec qui il buvait de la bière, le vendredi soir, au Bock, une taverne où l'on tolérait même les filles. Quelques pères oblats venaient boire avec eux.

Olivier riait très fort ; juste un peu trop fort. Parfois, quand il revenait vers sa chambre du collège, plusieurs grosses bières dans le corps, toujours seul, il hurlait dans la rue : une sorte de jeu fou. Il lui arrivait de casser des vitres à coup de bâton et de s'enfuir en courant. Avant de se coucher, il s'enfonçait les doigts dans la gorge et renvoyait la bière, les chips, les œufs dans le vinaigre, les langues de porc et les biscuits soda. Il sombrait ensuite dans un sommeil d'encre et de plomb. Vers cinq heures, il se réveillait en érection et, à demi conscient, se soulageait pour retomber quelques heures dans les limbes.

Au réveil, il balayait tout sous le tapis, passait sous la douche et se tapait deux œufs, bacon, petites patates rôties, toasts et café, café, café. Oui, il avait eu du fun hier soir !

Ses restes de croyances religieuses s'effritèrent et il quitta l'Église catholique, en même temps que la première vague de Québécois, à l'été 1966, pendant la grève des hôpitaux. En 1968, à la publication de l'encyclique *Humanæ Vitæ*, les églises se videraient. Pendant des générations, le clergé avait exercé sans retenue son pouvoir. Quand une femme n'était pas retombée enceinte un an après un accouchement, le vicaire se permettait une intrusion, à l'abri dans le confessionnal.

— Est-ce que vous empêchez la famille ? Vous savez que c'est péché !

En toute bonne foi, le prêtre terrorisait l'ignorante.

Et puis, pour les épouses, c'était si compliqué de faire entendre raison aux maris. Le religieux abondait dans le sens des hommes.

— Vous n'avez pas le droit de vous refuser à votre époux. Voulez-vous qu'il aille ailleurs ? C'est vous qui l'aurez sur la conscience.

Pour beaucoup de femmes, le mariage devenait une prison. Elles n'avaient qu'une hâte : que leurs filles grandissent pour les aider à s'occuper de leurs frères.

L'arrivée de la pilule anticonceptionnelle offrait une solution. À la suite du Concile, plein d'espoir, on attendait le verdict de l'Église.

Mais voilà que Rome rejetterait la pilule.

Alors, les Québécoises rejetteraient l'Église. Comme l'écrivait un intellectuel catholique dans *Le Devoir* : « Les Québécois ont eu bien raison de rejeter cette Église triomphante qui représentait un faux témoignage du Messie rédempteur souffrant. » Elle perdrait ainsi ses meilleures vendeuses. S'il fallait choisir entre l'hostie et la pilule, on irait au plus sûr.

Ce serait comme si l'on enlevait le bouchon du bain : il se viderait dans l'indifférence… et on jetterait aussi le bain.

Le Québec avait déjà fait sauter ses premières bombes et la Révolution tranquille commençait à s'exciter le poil des jambes.

❲

Ce fut la saison du délire. Jamais Olivier n'avait imaginé que l'on pouvait rire autant. Si seulement il était arrivé à se dégager de ce malaise avec les filles ! Mais non, elles l'intimidaient. Olivier ne comprenait rien aux femmes, ne savait pas comment leur plaire. Il n'était à l'aise qu'avec leur image sur le papier glacé. Et pourtant ! Qu'est-ce qu'il aurait voulu « se mettre », comme on disait au Bock ! Quelques filles du collège avaient rompu le sceau sacré qui ne devait pas l'être avant le mariage. Il savait que certaines n'étaient plus vierges, mais elles ne l'attiraient pas ; elles lui faisaient peur. Il leur accordait

le terrible pouvoir des sorcières. Non! Il ne les aurait pas brû-
lées comme l'avaient fait ces vieux puceaux terrorisés d'in-
quisiteurs, au Moyen-Âge. Mais le pouvoir du sexe était si
énorme! Et Olivier si petit, naïf et démuni! Il n'y avait pour
lui qu'une solution: tenter d'impressionner les filles... avec
ses résultats académiques exceptionnels, son sens de l'organisation qui lui permettait de tirer, en coulisse, les ficelles du
syndicat étudiant dont il était le trésorier, ces spectacles qu'il
produisait à l'auditorium du collège et qui lui remplissaient
les poches. Olivier avait tout faux. Chaque fois qu'il voyait
une belle fille en minijupe quitter le Bock avec un imbécile
pour aller «jusqu'au bout», la nausée l'envahissait. Il redeve-
nait le petit garçon assis sur le siège arrière de la voiture de
memére Gauthier et il devait quitter la salle enfumée du Bock
pour aller vomir, comme il fallait demander à la vieille folle
d'arrêter tout de suite parce qu'il allait encore être «malade
en machine».

Le plus grand progrès sensible que réalisa Olivier pendant
ses deux années à Jonquière fut financier. La prédiction du
frère Alexandre Gaumont de l'école secondaire se réalisait:
Olivier avait le sens de l'argent. Non seulement il ne toucha
pas aux cinq mille dollars de Marcel Genest, mais il les dou-
bla. Tout ce qui pouvait s'organiser, Olivier le prenait en
main. Il ne volait pas le syndicat étudiant dont il était le responsable des finances, mais il utilisait son poste pour ouvrir
des portes.

À vingt ans, sans que personne ne le sache, Olivier possédait un gentil portefeuille; la Bourse l'intéressait. Il savait déjà
que l'argent appelait l'argent. Hélas! Ce tout petit pouvoir le
desservait, il participait à son isolement. Olivier n'avait
besoin de personne et utilisait les gens. Il les faisait travailler
pour lui. Si une fille l'intéressait, il l'engageait pour l'avoir

dans son entourage. Il faussait les rapports en créant un lien hiérarchique. Bien sûr, c'était la peur qui dictait sa conduite. Généralement, les filles le savaient. Olivier n'en était pas conscient. Son ignorance ne modifiait en rien le résultat : la belle fille partait avec l'éclairagiste et Olivier rentrait saoul, plein de fric… et seul.

Une nuit, les choses se passèrent autrement. Une fille d'un journal étudiant de Chicoutimi assista à un spectacle organisé par Olivier. Elle voulait devenir critique de théâtre. Après le démontage, la petite bourgeoise de Notre-Dame-du-Saguenay suivit les fils de prolétaires au Bock et ne laissa pas Olivier la quitter. Elle marcha avec lui jusqu'au collège et monta dans sa chambre.

Olivier avait encore trop bu. En se couchant, il sentit tourner le plafond et courut plonger la tête dans le bol de toilette.

Quand il rentra dans la chambre, la fille était encore là, nue sous les couvertures. Toujours saoul, Olivier posa une main sur le sein offert. Sa déception l'acheva : c'était mou !

Surprise, la jeune fille constata l'évidence : il dormait.

Au réveil, Olivier trouva un court billet : *Alors, grand producteur ? Tu régurgites après ton boire et tu t'endors comme un bébé !* Un nom et un numéro de téléphone l'invitaient.

Une fille s'offrait.

11

Le diplôme de médecine repose au milieu des vignobles du Lavaux et Claire Thiercy va visiter Prague, Vienne, Moscou, Venise et Rome. Partout, elle mitraille au Nikon. Elle arrive à Paris, chargée de pellicule.

C'est en cherchant un laboratoire où elle pourra développer ses photos qu'elle rencontre une femme étonnante. Un tout petit reste d'accent du Sud-Ouest coquettement entretenu pimente de courtes phrases nerveuses. Stéphanie Morand donne envie d'avoir cinquante ans.

Elles se sont rencontrées devant le saint-honoré du vendredi, chez Fauchon, place de la Madeleine. La petite blonde a plu à la grande brune. La Gersoise de Paris a l'entregent d'une reine et aime les êtres forts. Avant d'avoir établi le contact, elle sait que ce sera un bon placement. Ce n'est pas qu'elle soit vénale ; elle a le nez fin, un sixième sens et un radar infaillible. Elle sait s'entourer. Elle va donner autant. Elle révèle les gens à eux-mêmes. La puissance de son égoïsme la préserve de la vulgarité. En voulant tirer le maximum de chacun, elle rend meilleurs tous ceux qui la côtoient. Elle cite souvent Winston Churchill : « Je ne suis pas difficile, je me contente toujours du meilleur. »

Quand elle apprend que Claire est photographe et se cherche un labo, le soleil fait briller la lumière de sa face. Elle est installée à la Bastille, dirige une galerie de photos et va la prendre en main. Claire plonge dans la lumière rouge de la chambre noire et joue les magiciennes.

«

C'est un Thomas admiratif et reconnaissant qui reçoit, par Internet, les premiers montages photos. Sans s'annoncer, il rapplique à Paris. Il dépose sa valise au Lutécia avant de rejoindre Claire, passage de la Main-d'Or, dans le onzième arrondissement. Par le chanteur suisse Henri Dès, elle a pu sous-louer le superbe studio de son manager qui passe le plus clair de son temps à Bormes-les-Mimosas.

Elle n'est pas revenue de sa surprise qu'elle ne peut que s'incliner devant les forces réunies de son père et de Stéphanie. Le premier créneau disponible est réservé et payé. Claire n'a plus de temps à perdre. Elle expose à Paris. Elle a fondu des images de Prague et de Rome. Elle superpose le plus petit et le plus grand pour révéler leur unité. Claire a une vision. Cette grande louve de Stéphanie va rameuter le tout-Paris qui attend qu'on lui dise quoi penser. L'encre va couler dans les magazines.

Si Thomas dispose d'autant de liberté, c'est qu'il sait choisir ses collaborateurs. Il peut compter sur Stéphanie. Elle carbure au réel, Stéphanie. Elle connaît le prix des choses et sait où trouver le fric. Quand le talent la ramène, la belle sorcière peut mélanger les ingrédients et mitonner le plat du jour. Elle garde une seule pensée secrète: la mode passe et moi, je reste. Elle va donner à Claire ce petit quart d'heure de gloire dont parlait Andy Warhol. Le reste n'est pas de son ressort. Quand la fièvre parisienne retombera, Papa Thomas saura bien ramasser les pots cassés.

Stéphanie s'en va-t-en-guerre. Il y aura des imbéciles à rendre intelligents et des futés à berner. Ses grands yeux de carnassier brillent de concupiscence et de force.

Thomas lui confie sa fille. Pour l'instant, Stéphanie tient le louveteau dans sa gueule, mais il sait qu'en cas de triomphe comme d'échec, Paris va lui broyer le cœur.

☾

Claire dispose de six mois pour tout préparer. Sa difficulté vient d'abord de l'embarras du choix. Stéphanie l'aide en la faisant parler. Il s'agit de bien comprendre ce qu'elle veut dire. C'est sa vision du monde qu'elle va proposer. Claire est d'abord réticente. Elle voudrait que ses photos disent tout, qu'elles se passent de commentaire. Mais Stéphanie insiste, explique qu'il faut l'aider dans son travail. Elles n'ont pas beaucoup de temps. On est début avril; la mi-octobre, c'est demain. Il faut lancer la rumeur avant les vacances, publier deux ou trois montages photos dans *Libé* ou *Le Figaro*. Bref, on doit créer une attente. Plus Stéphanie aura d'informations, mieux elle pourra choisir ses appâts.

Claire est mal à l'aise. Elle a l'impression qu'on va la vendre. Stéphanie lui confirme que c'est bien le cas et que ça n'a rien de méprisable.

— On doit te connaître, Claire. Tu es responsable de tes photos. Tu dois leur permettre d'être vues. Ces images veulent parler. Il s'agit de les aider. Nous sommes deux. Tu prépares l'exposition, et moi, je prépare les gens pour l'expo. Il faut me fournir en munitions. Déjà, ça va te servir. De trouver des mots pour expliquer ce que tu fais d'instinct va influencer tes montages. En précisant ta pensée, en la conscientisant, tu vas te centrer encore mieux. Tu pourras éviter l'éparpillement, cibler un objectif net et rendre ton œuvre d'autant plus percutante qu'elle sera plus cohérente.

Claire cherche à comprendre et essaie de parler. Elle a peu à dire.

— Raconte-moi ton travail, ce que tu fais dans la chambre noire pendant des heures. Quels sont les moments où tu sens le plaisir ? où tu as l'impression de toucher quelque chose ?

Lentement, une idée se dégage. Au-delà des multiples images, Claire sent l'unité de toutes choses. Un arbre debout au-dessus des toits, c'est une main ouverte en automne, une chevelure en été. Une goutte de peinture sur une vitre, c'est une ville sous la pluie, un œil de femme qui pleure, une flaque d'eau, une mare de sang, un gamin qui urine, un poignard qui dégouline, un clou dans un poignet rougi. Oui, une goutte de peinture séchée dans une fenêtre peut être une image de douleur.

Quelle était la différence entre la douleur et la souffrance ? La douleur possédait une existence objective : des épines dans la chair, ça faisait mal. Là où ça devenait subjectif, c'était ce que l'on faisait de cette douleur. Comment on l'envisageait. La douleur de la douleur portait un autre nom : la souffrance.

Là-dessus, on pouvait intervenir.

La souffrance avait fait irruption au retour de cette partie de tennis, quand son père avait brisé le miroir des illusions en se confessant à elle. Claire avait eu si mal qu'elle ne voulait pas guérir. Elle ne croyait pas cela possible. C'était ainsi qu'elle avait laissé la souffrance réduire sa vie : la surprotection d'Ouriel ; la condescendance face à une Lourdes trop heureuse pour que ce soit intelligent; la distance face à Madeleine et à Raoul trop superficiels pour être les modèles que le public admirait… Tout avait été souffrance.

Le travail artistique de Claire ramène les choses à une dimension plus juste: reconnaître le tragique ne signifie pas sombrer dans le drame, mais le dénoncer. Le sentiment d'impuissance disparu, la souffrance redevient douleur. Claire se libère de ses démons. Elle voudrait s'excuser de sa suffisance auprès de la Portugaise, de son intransigeance auprès de Madeleine et de Raoul, du poids de son inquiétude auprès d'Ouriel. Toutefois, elle commence par le commencement: elle s'excuse d'elle-même auprès d'elle-même pour cette vie de méfiance qu'elle s'est imposée.

Cette exposition va l'aider. Elle met la tête sur le billot. Elle s'ouvre et elle s'offre.

Claire entrevoit la vision tragique du monde qu'elle porte. Ce sont des souvenirs qui n'osent pas remonter. C'est tellement loin. On pourrait parler d'archétypes. Claire cerne un peu mieux son attente. Elle espère que quelqu'un quelque part pourra l'aider à aller plus loin. Que quelqu'un reconnaîtra dans ses œuvres ce qu'ils ont en commun. Il lui semble que nous portons tous la même chose, mais que nous ne le voyons pas, que nous ne le savons pas. Elle aurait envie de dire que nous sommes tous le même être. Oui, voilà: c'est l'unité qu'elle cherche, l'unité fondamentale sous le vernis des différences. Ainsi, on peut assembler des choses hétérogènes et créer une image cohérente, immédiatement lisible. On peut réunir les contraires et ils diront la même chose. C'est ça: tout est un. Tout est dans l'œil.

Stéphanie n'a plus qu'à la regarder accoucher. «Ils disent tous la même chose, avec des mots différents.»

Stéphanie sourit, en gardant ses réflexions pour elle-même. Ces artistes perçoivent une réalité qu'elle n'arrive pas à exprimer. Oui, elle est fascinée. C'est formidable, le commerce de l'art. Le monde entier transite par la galerie de Stéphanie ; le monde passe et sa galerie demeure. Chaque artiste est une météorite qui file en brûlant sa lumière dans le ciel de Stéphanie.

En surface, on dirait tout le contraire. Claire est enfermée dans son laboratoire et Stéphanie papillonne dans Paris Cocktail.

Son travail est rendu difficile par le passage à l'an deux mille. Ils sont tellement nombreux à offrir la perle rare.

«

Début août, Stéphanie quitte l'Île-de-France. Elle est épuisée. Ces vacances en voilier vont lui permettre de recharger les accus. Ils longeront la côte Atlantique, de la Manche au golfe de Gascogne.

Claire ne sort pas de Paris. Après Madeleine et Raoul qui s'installent au Bedford, c'est Ouriel et Thomas qui descendent au Lutécia. Le soir, Claire dîne avec eux et les écoute raconter leur découverte de Paris Fournaise. Ils ont même pu passer une soirée ensemble, tous les cinq. L'humour et la tendresse des guerriers survivants que sont Madeleine et Thomas la laissent pleine de reconnaissance. Raoul s'est depuis longtemps raffiné sans s'attiédir. Il suffit de saisir, à l'improviste, le reflet dans l'œil qu'il pose parfois sur Madeleine. Seul Ouriel déstabilise Claire. Il semble tellement heureux, serein, équilibré ! Ça l'inquiète. Trop de mesure, c'est de la démesure. Or, les dieux punissent la démesure… Il lui reste une toute petite année à Saint-Maurice.

— Tu fais quoi, après? Tu le sais?

— Il me semble.

— Tu veux me le dire?

— Pas maintenant. J'attends d'être accepté.

Un ange passe sur la terrasse du Récamier.

Claire a du mal à se détacher du jeune homme. Il a filé au septième ciel, son petit. Il est tellement secret, si différent des autres. Comment expliquer qu'il n'en ait jamais voulu à Madeleine de l'avoir abandonné tout bébé?

☾

Pas plus que les autres, elle ne comprenait qu'Ouriel avait le cœur trop large pour que les ténèbres du monde le recouvrent.

Personne ne pouvait saisir qu'Ouriel s'était dégagé très tôt de sa famille d'accueil pour s'engager librement dans la recherche de sa famille dispersée en sortant de l'arche. C'était peut-être un jardin. Il se souvenait si mal. Il ne voulait pas s'accrocher aux rochers à fleur d'eau. Il remontait en amont du fleuve. En priant, il lui arrivait de vibrer à la vitesse même de l'Univers. Le temps demeurait suspendu. Ouriel se dissolvait dans l'espace tout en restant présent. Seul le sentiment de son ignorance l'empêchait de dire *éternellement* présent. Alors, il le sentait sans se le dire. Comment s'intéresser à tout ce qui animait les autres garçons et filles du collège? Comment avoir envie de conquérir quoi que ce soit? Comment songer à s'approprier quelque chose? Ouriel avait la chance d'être orphelin sans avoir perdu ses parents. Oui, il se savait plus âgé qu'eux. Il voyait son père s'ouvrir à la compassion, sa mère épouser la matière. Il regardait ces deux enfants faire leurs premiers pas. Sa sœur Claire lui semblait la plus proche. Mais elle ployait sous le joug d'un cœur trop lourd;

elle se croyait responsable de lui. Il serait bientôt l'heure de
l'accabler au point de la libérer. Parfois, on doit passer par
l'impuissance pour sortir de l'impasse. Personne n'est seul
responsable des autres ; nous sommes tous solidaires.

Dans les pires moments de doute, Ouriel se rappelait
Rimbaud, le Grand Meaulnes, Jésus au Temple discutant avec
les docteurs. En arrivant au monde, on savait tout. Hélas ! On
oubliait lentement. Le thaumaturge comprenait ce que Jésus
avait dit à Nicodème. Il fallait naître d'en haut. Quand il
guérissait un animal blessé, il sentait circuler une force. Mais
il la gérait mal ; il devait, chaque fois, payer le gros prix. Il
n'était certainement pas seul de son espèce. Il cherchait ses
pareils. Il savait qu'il ne trouverait personne sur l'autoroute
du succès occidental. Il n'irait pas non plus se laver dans les
eaux du Gange ni gravir le flanc de l'Himalaya. Depuis sa
rencontre avec le père Émile, il savait où aller.

Il se revoyait sur la place, à Villeneuve, face au temple. Il
entendait le vieux peintre lui expliquer que cette église était
l'œuvre des Cisterciens ; ceux-là mêmes qu'avait rejoints Jean
Bourgoin, cet ami de Cocteau dont parlait son Ormonan de
père. Ouriel rêvait de l'abbaye cistercienne comme d'autres
rêvent de la montagne ou de la mer. Il avait choisi le collège de
Saint-Maurice parce qu'il était éponyme de la célèbre abbaye.
Mais les chanoines n'étaient pas des moines. À treize ans, il
avait lu l'histoire du monachisme occidental. Il jouait au
moine. Il mémorisait des psaumes et se les récitait en dévalant,
sur ses skis, les pentes du Valais. Il s'appropriait les mots attri-
bués à David : « J'habiterai la maison du Seigneur pour la
durée de mes jours. » Ouriel était une vocation précoce.

Seul son directeur spirituel savait. Mais le chanoine ignorait le pouvoir de thaumaturge du gamin. Comme ce n'était
pas un péché, Ouriel n'avait pas l'obligation d'en parler. Il se

serait senti prétentieux de le faire. Le révéler n'aurait rien changé ; ce n'était donc pas utile. Il ne faisait rien de mal en guérissant un écureuil ou en retirant le renard des griffes d'un horrible piège pour le laisser filer, après avoir cautérisé la plaie.

Ouriel n'était pas un jeune homme sombre. À chaque histoire un peu grivoise de Claire, ses éclats de rire faisaient mousser les flûtes de champagne sur la nappe du Récamier.

Ouriel faisait un bon bilan de sa famille.

Raoul protégeait si bien sa mère qui, heureusement, n'avait pas vraiment besoin de protecteur. Mais le jeune Vaudois, digne représentant de son peuple, affectionnait la prudence.

Il souriait maintenant en regardant son père.

La soixantaine avait fait de Thomas un petit garçon allumé. Jamais il ne parlait en mal de ceux qui exploitaient les enfants de la misère. Il savait bien que certains hommes étaient perdus, mais il n'avait pas à décider lesquels. Il pouvait repenser à Alfred sans colère. En thérapie, il avait revécu sa première éjaculation… dans la bouche du cuisinier : la peur qu'Alfred ne le morde au sang, mélangée au frisson si exquis. Il associait la puissance et l'horreur. Sa thérapeute lui avait proposé de revivre la scène et d'aller en retirer le jeune garçon. C'est en hoquetant de larmes que Thomas s'était approché du gouffre. Le corps d'Alfred avait implosé. Il ne restait que le petit homme debout, tendu, catatonique. Tout près, Thomas, adulte, ne le touchait pas. Les couches de voiles translucides qui les séparaient se dissolvaient l'une après l'autre. Il sentait un début de chaleur monter du ventre de l'enfant. Thomas avait disparu dans le garçon. Il pleura jusqu'à la fin de la séance. Quand il ouvrit les yeux, il vit les larmes de sa thérapeute qui se mouchait silencieusement.

Thomas était un handicapé sexuel, un handicapé émotif. Mais Thomas n'était pas mort. Il riait de tout son cœur sur la terrasse du Récamier, avec sa famille, en ce dernier mois d'août du vingtième siècle. Il connaissait des enfants tellement plus malheureux que lui. Chaque fois qu'il retirait un jeune Thaïlandais de la prostitution, il continuait à sauver son petit Thomas. Il regardait son fils Ouriel protégé de tout ça depuis le commencement. Il avait parfois l'impression que c'était son enfant qui veillait sur lui. Il voyait sa Claire enfin dégagée d'eux. Elle était plongée dans ses bacs de révélateur, d'arrêt et de fixage. Il aimait Raoul de tant aimer Madeleine. Le bel Espagnol réussissait avec elle le couple dont avait rêvé Thomas.

Ouriel admirait la vitalité de sa mère.

Au-delà de la difficulté d'être et de la peine ontologique, Madeleine choisissait le bonheur. Ce n'était pas seulement le lit, plein de force et de tendresse, partagé avec Raoul, qui la comblait de gratitude. Madeleine puisait sa joie dans l'écriture. Le pied gauche appuyé sur la table, à côté d'un dictionnaire, la jambe par-dessus la tête, elle pénétrait au cœur du monde. Sa vieille Sheaffer pompait le sang noir jusqu'au bout du temps et donnait à Dieu de belles joues rouges… comme celles de Raoul pendant l'amour.

Oui, Ouriel croyait pouvoir partir tranquille.

Mais vivait-on aussi paisiblement pendant toute une vie d'homme? Son Christ Jésus n'avait-il pas dit que la joie de le suivre se combinait «avec des persécutions»?

❧

Il y a deux sortes de gens. Certains aiment rester seuls à l'occasion… et d'autres acceptent de quitter la solitude, le temps d'une pause. Claire appartient à cette seconde race.

Aussitôt la famille rentrée au bord du lac Léman, elle rajoute quelques heures à ses longues séances de travail. Elle ne prépare pas une exposition. Elle cherche à briser le code secret du monde. Elle juge de la vérité de ses montages au *feeling* qu'elle ressent dans la chambre noire. Quand les larmes veulent surgir, elle sait que l'universel se dévoile. Les grands archétypes sont inscrits au fond de chacun. Ce qui la touche rejoindra les autres. Le vrai succès, ce ne sera pas que ses photos soient connues, mais que l'on se reconnaisse en elles.

«

Stéphanie téléphone souvent. Un jour, elle appelle, très excitée.

— Je suis sur une île toute petite, près de La Rochelle. Il y a un monde! C'est magnifique! La pointe de Saint-Eulard vaut à elle seule le déplacement. Tu dois venir ici avec ton Nikon, Claire. Le temps s'est arrêté sur cette île: des vélos partout, un charmant petit vignoble, des huîtres accrochées aux rochers, une place fortifiée, le Pertuis d'Antioche qui la protège entre les îles de Ré et d'Oléron, quelques Aixois qui m'ont tout l'air d'être des personnages… Tu tiens un sujet d'exposition. Je peux te réserver un studio très chouette tout près de la mer. Ça s'appelle le Bois Joly. C'est juste en face de ce qu'ils nomment la plage aux Coquilllages. D'un côté, le soleil se lève sur les parcs d'huîtres et de l'autre, il se couche derrière Fort Boyard.

— Pas question de quitter Paris! Je suis plongée dans le boulot et je n'ai surtout pas envie d'arrêter.

— Non! Pas maintenant; après le vernissage. En décembre, on me dit qu'il n'y a personne ici. Ça, je crois que tu aimeras. Écoute, c'est à deux heures de Paris. Fais-moi confiance! Je te dis que tu dois voir ça.

Claire éclate de rire. Cette Stéphanie est une vraie loco-motive; autant y accrocher son wagon. Elle aime bien la grande brune. Cette sorcière est une bonne fée.

— Ça va! J'irai passer un week-end en Charente-Maritime. Pourquoi pas?

12

À Fort Liédot, on prend du retard. Olivier veut ouvrir à l'été 2000. On est en octobre 1999. Tout le monde se repose encore de la vague touristique de l'été. Il y a eu tellement de clients, on a fait tant de fric qu'on se demande si cette histoire de Famille en Fête, ça vaut vraiment le coup de travailler hors saison.

Jeannot ne lâche plus Olivier. Le matin, il vient l'attendre en face de chez Françoise. Il arrive à huit heures pile. Olivier est levé depuis longtemps.

Suivi de son lapin, il entre à la mairie. Le père Bertrand est déjà au téléphone.

— Comment dirais-je ? Hum ! Hum ! Attendez ! Le voici.

La main sur le combiné, il parle dans le souffle.

— Olivier, c'est pour vous. C'est Janine, l'assistante de François Royal, le secrétaire du Conseil général de Charente-Maritime.

— Je sais qui est François Royal, monsieur le maire. Son assistante ne s'appelle pas Janine. C'est Geneviève.

Le père Bertrand rigole.

— Oui, Janine, c'était ma femme. Comment dirais-je ?

Olivier l'interrompt gentiment.

— Chut ! Ne dites plus rien.

Puis, prenant le combiné, il fait un clin d'œil à Jeannot qui reçoit ainsi sa paye pour toute la journée.

— Olivier Genest à l'appareil.

— ...

— Bonjour, Geneviève.

— ...

— Entendu, j'attends.

Puis, aux deux autres.

— François Royal veut me parler.

Il met l'index sur ses lèvres puis...

— Bonjour, monsieur le secrétaire.

— ...

— Très bien, merci. Vous-même ?

— ...

Olivier écoute pendant deux minutes.

— Avec plaisir, monsieur Royal.

— ...

Cette fois, c'est cinq minutes de silence pour le Québécois. Le père Bertrand est déjà mort de curiosité trois fois, et Jeannot étouffe d'inquiétude.

— Entendu, monsieur Royal : lundi prochain, à La Rochelle. Comptez sur moi. Au revoir.

Il raccroche en souriant aux deux hommes. Le père Bertrand ne tient plus en place.

— Mais enfin, Olivier ! Comment dirais-je ? Cessez de jouer à monsieur Mystère ! Hum ! Hum ! Que se passe-t-il ?

— Il me demande de faire partie du comité qui distribue les subventions... à titre consultatif, à cause de mon statut d'étranger. C'est très bien, nous ne serons pas en conflit d'intérêts. Je vais simplement donner mon avis sur chaque projet.

Jeannot s'inquiète.

— Tu nous quittes pas, Olivier ?

Le père Bertrand tape sur l'épaule de Jeannot.

— Au contraire, mon garçon. Il est en train de se faire une grosse place dans le pays, notre Olivier.

Et le maire de projeter les retombées de cette reconnaissance des compétences de son *alter ego*. Il le sait : ils vont tous manger dans sa main. Il est si efficace !

Il arrive un truc imprévisible. Le père Bertrand se met à danser en tenant l'épaule d'un Jeannot mort de rire.

Olivier découvre enfin à qui le bonhomme lui fait penser : Zorba le Grec.

☾

Quand, à l'automne 1967, Olivier entra aux Hautes Études commerciales à Montréal, il n'avait jamais fait l'amour. Le garçon insécure n'avait pas rappelé la future critique littéraire du *Progrès du Saguenay* : elle aurait trop vite découvert qu'il était sans intérêt.

À l'Université de Montréal, le soir de l'initiation, il se retrouva, un peu saoul mais pas trop, dans le lit d'une jeune Belge fraîchement débarquée avec ses parents. Ils ouvraient un commerce, rue Saint-Denis. La jolie Barbara, qui avait pas mal bu, ne se formalisa pas d'avoir à venir en aide à un partenaire un peu ivre. Cette première difficulté vaincue, Olivier prit la jeune Flamande six fois pendant la nuit. Il disposait de bonnes réserves.

Après trois mois de délire sexuel, la nouvelle assomma le garçon : Barbara attendait un bébé. Il n'était pas question de le garder. Olivier avait une vie à vivre, quoi ! Sa peur vint facilement à bout de Barbara. Leur relation s'achevait avec l'avortement.

Le circuit s'imprima dans l'inconscient d'Olivier: l'accouplement était puni par la grossesse. Il se promettait de ne
plus jamais faire l'amour avec une fille qui ne prenait pas la
pilule.

❨

En terminant les HEC, Olivier se retrouva dans le hall d'un
petit théâtre, à Montréal. Il fallait descendre quelques marches
pour entrer. Ce n'était pas l'image de l'ascension sociale. Le
Quat'Sous appartenait à un personnage farfelu, généreux,
bordélique et increvable. Paul Buissonneau était arrivé à
Montréal avec les Compagnons de la Chanson. Quand ils
étaient repartis, lui avait choisi de rester. Après quelques
années, il dirigeait cette roulotte qui donnait des spectacles
pour enfants dans les parcs de la ville. Et il montait aussi ce
magnifique théâtre dans les murs d'une synagogue.

La rencontre avait lieu dans la salle. En mettant les pieds
là, Olivier tomba amoureux des cent quelques sièges, de la
scène aussi large que la salle… et de l'âme du lieu.

Buissonneau lui souhaita une bienvenue un peu spéciale.

— T'es jeune en crisse!

— J'ai presque vingt-quatre ans.

— T'es sûr? On te donnerait moins.

— Je le sais. Le monde est tellement mesquin qu'il me
donne même pas mon âge.

— Ah, le con!

Buissonneau se tapait sur les cuisses.

Le comptable Marcotte, membre bénévole du conseil
d'administration, n'avait pas le rire aussi facile.

— Alors, nous disions donc. Tu as fait HEC. Bonnes
notes: bravo! Mais tu arrives sur le marché du travail, là. Dis-

moi : pourquoi on devrait engager, comme administrateur, un garçon sans expérience comme toi, euh…

Il mit le nez dans ses feuilles.

— Olivier ?

— Bien, j'ai quand même un peu d'expérience. Pendant mes deux philos, au Collège de Jonquière, j'ai produit une bonne trentaine de spectacles. J'ai fait venir les Cyniques trois fois, Claude Gauthier, Guy Godin, Pierre Létourneau, Renée Claude, les Jérolas…

— Bon, bon, bon !

Buissonneau ne s'intéressait pas au passé de variétés du candidat.

— Tu connais rien au théâtre, quoi !

— Ben non, mais c'est pas pour faire du théâtre que vous cherchez un administrateur. C'est pour trouver de l'argent.

La responsable de la billetterie, Mercedes Martineau, regarda le comptable Marcotte en souriant et elle fixa le jeune homme.

— Tu vas trouver ça comment, de l'argent ?

— Bien, on va tabler sur quelques valeurs sûres pour s'assurer un bon fond. Ça donne confiance aux banques. Puis, on prendra quelques beaux risques de création : ça plaît au milieu. Ça va remonter jusqu'aux donneurs de subventions. On va trouver quelques piastres là : Conseil des Arts et compagnie. On pourrait envisager quelques coproductions avec Québec et Ottawa, créer une pièce québécoise par année ; il y a de l'aide à la création. Comme tout le monde vole au secours du succès, on dénichera bien un commanditaire : les Caisses populaires, une coopérative…

Buissonneau en avait assez entendu. Il se taisait d'ailleurs rarement aussi longtemps.

— Merde ! T'es une machine à calculer, chose !

— Oh non, monsieur Buissonneau! Excusez-moi de vous interrompre. C'est à cause de vous que j'ai choisi de travailler dans le spectacle.

Et Olivier lui raconta cette aventure de l'été 1965 près de la roulotte du Français, au parc Jeanne-Mance. Cet après-midi qui avait changé sa vie.

Buissonneau ponctuait le récit d'Olivier.

— Ah, le con!

Il riait.

— T'entends ça, Marcotte?

Le comptable commençait à se demander si c'était une si mauvaise idée d'engager un jeune homme. Il ne coûterait pas cher. Et puis, si ça ne fonctionnait pas, on n'aurait qu'à le mettre à la porte.

Mercedes Martineau était tombée sous le charme du garçon: les deux filles de la billetterie l'adoreraient.

Après le départ d'Olivier, la réunion du trio responsable de l'embauche du nouvel administrateur du Quat'Sous fut bien courte.

— Crisse, Marcotte, il me plaît, ce con. Pas vous, madame Martineau?

Paul Buissonneau avait toujours fonctionné au coup de cœur. Il ne regretta pas celui-là.

❝

Une injection d'énergie nouvelle fouetta les sangs du Quat'Sous.

Pendant toutes les années soixante-dix, la petite salle de l'avenue des Pins devint un merveilleux foyer de création. Olivier inventait l'argent. Il trouvait toujours un nouveau programme de subvention, une récente fondation à la recherche d'une cause, un mécène disponible. Dans le milieu artistique québécois, l'équipe qu'il formait avec Buissonneau atteignit les dimensions du mythe.

☾

Ce fut, pour Olivier, le temps des actrices. Avec lui, ces femmes si généreuses se reposaient des comédiens. La première heure de la première nuit, en compagnie d'Olivier, en avait déçu plus d'une. Mais après une amorce un peu difficile, une sorte de miracle s'opérait. Pour avoir accès à Olivier, il fallait vaincre la difficulté initiale. Puis, c'était la fête des sens pendant quelques mois. Mais Olivier n'y trouvait pas son compte. Il se laissait toujours choisir. Il ne donnait pas son cœur ; ça demeurait génital.

Tout au fond de lui, sans bien le voir, Olivier refusait d'abandonner son rêve. Il était le Prince charmant en exil. Un jour, il rencontrerait la Princesse, la Femme de sa vie, l'Unique, Celle qui lui était destinée de toute éternité, Celle avec qui il réaliserait la Noce Alchimique. Pour l'administrateur de théâtre, toutes ces relations ressemblaient à des répétitions.

À la mi-trentaine, son tableau de chasse paraissait impressionnant. Mais le chasseur n'était pas impressionné. C'est alors qu'il rencontra la femme la plus importante de sa vie. Monique avait dix ans de plus que lui. C'était une immense actrice. À quarante-cinq ans, elle rayonnait. La belle femme libre élevait seule ses trois enfants. Chacune de ses filles avait un père et pas deux le même. Monique n'attendait après personne. Elle passait aux actes.

Cet Olivier lui plut. Après un souper de première bien arrosé, il se retrouva dans son lit. La même scène qu'avec

Barbara et tant d'autres se répéta. Ça n'impressionna pas Monique.

— Mais c'est qu'il n'a pas confiance en lui, le beau gosse! Avec des grosses couilles comme ça, tu devrais plutôt faire le jars! Qu'est-ce qu'il y a? Ta maman ne t'a pas dit qu'elle t'aimait? que tu étais le plus beau?

Comme il ne répondait rien, elle laissa tomber l'humour et planta ses yeux dans les siens.

— Es-tu gay, Olivier?

— Non! Je suis toujours comme ça, la première fois. J'ai tellement peur de ne pas être à la hauteur que je ne le suis jamais.

À trente-cinq ans, c'était la première fois qu'il parlait.

Pendant que Monique, la tête appuyée sur son épaule, jouait dans la toison qui recouvrait la poitrine d'Olivier, il se racontait: toute cette enfance secrète, cette découverte du sexe sale et violent, ces femmes qui n'étaient jamais la Princesse rêvée et, surtout, cette peur toujours plus forte que son envie. Un gros bouillon remonta de l'enfance d'Olivier. Blotti dans les bras de Monique, il pleurait maintenant sans retenue. Les larmes qui tombaient sur les seins de Monique la traversaient. Chacune venait lui toucher le cœur. Cet homme qui se vidait de sa peine d'enfant entrait dans sa vie par la grande porte: l'humilité.

Monique lui offrait beaucoup plus qu'une nuit de sexe. Olivier, purifié par ses larmes, s'endormit dans sa première nuit d'amour. Monique acceptait, encore une fois, de jouer à la mère. Son Québec produisait bien peu de vrais hommes, humbles et forts, simples et puissants. Elle en mettrait un autre au monde.

❲

Olivier rêvait. Allongé sur le dos, il admirait une femme superbe qui le chevauchait. Elle se penchait sur lui, en offrant des lèvres gonflées par la jouissance.

Non, ce n'était pas un rêve. Au milieu de la nuit, Monique, qui le regardait dormir, vit se soulever le drap. Un *ressuscité* faisait des pointes. Elle découvrit le danseur. Et vive le tango !

Le rire de Monique l'accueillit quand il se rendit compte de ce qui se passait. Il éclata du même rire. Un grand vent tout chaud balaya la tristesse de l'enfant solitaire.

Olivier se croyait impuissant ; il n'était qu'épuisé.

☾

Pendant plus de quinze ans, Olivier partagea la vie de Monique sans jamais habiter avec elle. Ils avaient fondé une compagnie de théâtre. Un spectacle pour enfants obtint un énorme succès. Olivier le transforma en émission de télévision. Grâce à son réseau de subventions et de commandites, il monta une salle spécialisée dans le théâtre pour enfants. Olivier avait quitté le Quat'Sous en même temps que Buissonneau. Il fallait, encore une fois, laisser le sang neuf rajeunir la compagnie.

Monique et lui étaient voisins, avenue de l'Épée, à Outremont. Au moins deux soirs par semaine, il la recevait à manger avec ses trois filles. Pendant des années, le rituel demeura immuable. Puis, Nathalie s'envola. Ensuite, ce fut Ève et, finalement, Maude.

☾

Le jour des soixante ans de Monique, Olivier les reçut au pied d'une montagne de sushis. Autour du paris-brest, le champagne flûtait. Fin quarantaine, Olivier touchait consciemment au bonheur.

Après le café, les jeunes femmes s'évaporèrent. Elles vivaient aussi pleinement que leur mère l'avait toujours fait. Olivier était plutôt content de leur départ un peu précipité. Il marcha avec Monique jusqu'au parc Saint-Viateur. Sur le pontet qui enjambe le bassin, il s'arrêta et se tourna vers elle pour se mirer dans le bonheur. Il sentit une grande main glacée lui empoigner le cœur.

— J'ai un gros secret, Olivier.

Oh! Qu'il n'aimait pas ça! Ni les secrets ni les surprises ne lui faisaient plaisir.

Elle l'amena sous les arcades. Assise face au lac, elle plongea les yeux dans l'eau.

— Je suis malade, Olivier.

Il le savait! Pas qu'elle était malade. Mais que tout finissait toujours mal.

☾

Monique se battit pendant deux ans: radiothérapie, chimiothérapie, nausées, tête rasée, sommeil hachuré, moral en yoyo entre les espoirs de rémission et les terribles métastases.

Les trois filles se tenaient autour du lit avec Olivier. Elle ne pouvait plus parler. Ses lèvres remuèrent. Ils purent tous lire.

— Je vous aime.

Le cancer du cerveau n'avait pas eu le dernier mot. Monique mourut en aimant.

❨

Après le service funèbre, à l'église Saint-Viateur, Olivier respecta les dernières volontés de sa compagne. Il reçut tout le monde au salon funéraire Dallaire, rue Laurier. Depuis un an, il était en congé sabbatique. Nathalie dirigeait la compagnie de théâtre et, avec son jeune mari, Ève s'occupait des productions télévisuelles. Maude sortirait de l'École nationale de théâtre à la fin de l'année. Elle quitterait le cours d'écriture dramatique pleine de confiance et de doute. C'était le bon mélange. Il avait lu ses premiers textes. La confiance l'emporterait sur le doute.

Olivier sortait d'une année de veilles, d'inquiétude, d'abattement et de défaite. Il venait d'enterrer la dernière femme de sa vie. Il avait eu droit à plus de quinze ans de bonheur. Il aurait la décence de ne pas s'apitoyer. Mais il ne savait pas où puiser le courage pour continuer.

Il découvrit un moyen de voyager sans quitter son fauteuil. Installé devant la télé pendant toute la soirée et une partie de la nuit, il zappait. C'était comme dans un cocktail, il voyait plein de gens sans rencontrer personne.

Les trois filles l'appelaient chaque jour. Il les inquiétait.

— Ce n'est rien. Je suis fatigué. Il me faut du temps, c'est tout.

Une nuit, il s'attarda à TV 5. On diffusait un reportage sur sept moines cisterciens assassinés en Algérie. Le journaliste avait recueilli divers témoignages. En voyant le Père abbé d'Oka, Olivier se souvint avec nostalgie de la période qui avait précédé Monique. Quand il vivait seul à Pointe-aux-Anglais, il aimait se rendre au monastère avant que le soleil se lève.

Une heure plus tard, assis au fond de l'église, il assista à la prière de la nuit. Il rentra à Montréal un peu avant six heures et franchit la porte de la Binerie Mont-Royal juste au moment de l'ouverture. Apaisé, plein de bouffe, il s'endormit comme on se réveille.

La semaine suivante, il s'installa quelques jours à l'hôtellerie de l'abbaye cistercienne d'Oka. Le dimanche, l'homélie du Père abbé lui fit du bien. Quel plaisir d'entendre un curé qui ne dit pas que des conneries. Il lui écrivit un court billet que transmit le frère portier.

Le moine, qui aimait les arts, ne résista pas à la tentation de rencontrer l'homme qu'il connaissait par les pages culturelles du *Devoir*. Après cinq minutes, ils se tutoyaient ; ce qui n'a rien d'exceptionnel au Québec.

En quittant l'abbaye d'Oka, Olivier emportait deux certitudes. Il sortirait de l'infantilisme spirituel que dom Joseph appelait *l'athéisme du charbonnier* et mettrait en pratique l'unique conseil du Père abbé, résumé dans ses derniers mots.

— Va de l'avant, Olivier.

«Dieu est amour», disait saint Jean. Ce n'était pas con comme définition. Olivier plongea dans saint Jean. «Va.» D'accord, Olivier allait partir. «De l'avant.» Bien! Olivier ne regarderait pas en arrière.

Il invita les trois filles.

❰

— Tout ce que j'ai, c'est avec Monique que je l'ai acquis. C'est à vous autant qu'à moi. Je ne veux pas continuer sans elle. J'ai fait préparer tous les papiers nécessaires. Il ne vous reste plus qu'à signer. Je ne suis pas en train de me sacrifier à votre profit. Je me dégage. Je me libère. Je ne veux plus me rendre au bureau chaque matin pour escalader des colonnes de chiffres.

Les trois filles l'observaient en silence. Il ne semblait pas en dépression. Il avait l'air un peu grave, c'est tout. Elles se regardaient et le considéraient de nouveau. Ève laissa tomber une petite question.

— Qu'est-ce que tu vas faire ?

— Rien.

Olivier s'était entendu parler. Cette fois, en répétant, il savait ce qu'il disait.

— Rien. Rien du tout.

Il éclata de rire.

Nathalie fut la première à réagir.

— Maudit chanceux ! Sors ta paperasse. Je vais te signer ça !

Pour une fois, aucune urgence n'appelait les filles à décamper.

Olivier parlait avec elles comme si c'était Monique qui ressuscitait. Il avait accumulé un bon portefeuille. Même s'il ne prenait pas sa retraite, il pouvait facilement arrêter pendant trois ans.

❨

Il s'offrait des haltes fréquentes dans la belle église cistercienne d'Oka. Il n'aurait pas voulu devenir moine, mais il était content qu'il y en ait.

— Va de l'avant !

Quand il croisait les yeux du Père abbé, il voyait danser la petite flamme qui le saluait.

— Je suis encore trop pantouflard. Il faut me secouer les puces !

Les filles n'étaient pas dans le besoin. Et il n'avait que son inquiétude à offrir.

— Va !

Il prit le mot au pied de la lettre. Ève et son mari vinrent s'installer dans le grand appartement, avenue de l'Épée. Déjà Nathalie occupait celui de Monique. Olivier remit ses affaires à son comptable, donna des instructions à son courtier et s'envola pour Paris. Il avait loué l'appartement du Marais d'une amie de la rue Hutchison.

Olivier allait et venait sur les chemins de fer européens. Il avait prévenu les filles qu'elles n'auraient pas de nouvelles. Il poursuivait une quête solitaire. Il ne savait pas ce qu'il cherchait.

Depuis Monique, il vivait sans femme.

☾

Il avait osé une sortie.

À Paris, il lui arrivait parfois de remonter la rue Saint-Denis pour s'exposer à un malaise troublant. Toutes ces femmes offertes sur le trottoir ne lui faisaient pas envie, mais la proximité de ce marché d'esclaves l'aspirait jusque dans les souvenirs malsains de son adolescence.

Un samedi midi, Olivier marchait rue Saint-Denis en direction des boulevards. Il passait là par habitude. Au coin de la rue Saint-Sauveur, le fantasme de sa vie l'attendait. Une grande Noire offrait, sous la dentelle pourpre, deux beaux gros nichons dont les mamelons violets frissonnaient dans l'air frisquet. Elle portait des bas résille noirs, retenus par un porte-jarretelles blanc sur une petite culotte rouge sang. D'énormes lèvres s'harmonisaient avec le sous-vêtement.

Olivier redevint l'homme de décision qui avait dirigé des équipes de production complexes. Il traversa la rue.

— C'est combien ?

— Trois cents francs.

— Je ne suis jamais allé avec une fille.

— Tu veux dire avec une femme ?

— Non, avec une fille… comme toi.

Il voulait dire : une prostituée. Dans l'escalier, les grosses fesses dures dansaient sous ses yeux. Olivier était fier de son audace. C'est en toute innocence et sans malice que la fille lui cassa son fantasme.

— T'es Canadien, toi ?

— Oui.

— J'adore votre accent : Robert Charlebois !

Tout le reste avait tenu de la caricature. Olivier ne ressentait plus la moindre excitation.

Allongé sur un lit trop bas, les fesses à l'air et les chaussettes aux pieds, Olivier la regarda habiller un petit membre mou. Elle enfourna le préservatif et son habitant dans sa grande bouche. La fille déménagea son gros fessier dénudé sous le nez d'Olivier. Afin de combattre la nausée naissante, il voulut toucher la toison mauve où brillait un peu de lubrifiant. La fille s'en était badigeonné l'entrejambe après avoir ramassé les sous.

— Non ! Tu touches pas ! Tu peux mater, c'est tout.

Elle tenait le petit garçon bien en main. Une légère secousse annonça à Olivier qu'il avait rempli le préservatif sans qu'il ne se soit jamais rendu à une vraie belle érection. La fille enleva le condom, marcha jusqu'au lavabo dans le coin, le jeta à la poubelle et lui offrit un gant de toilette.

Olivier parlait trop. Il avait besoin de la faire rire. En redescendant l'escalier, ils croisèrent une autre fille. Il poursuivit son numéro avec elle aussi. Quand il les quitta, les deux femmes riaient fort. Olivier les entendait se moquer de lui. Il se sentait tellement minable ! Maintenant, il n'avait plus le courage de se cacher la vérité.

— Voilà, je suis impuissant.

Il se mit à zigzaguer dans le quartier. Boulevard de Sébastopol, il resta figé sur le trottoir. Assis par terre devant un guichet du Crédit lyonnais, un homme de son âge berçait une petite fille. Olivier vida le contenu de ses poches dans la main du pauvre homme. Toute sa peine d'enfant remontait.

C'était la dernière fois. Il n'essaierait plus jamais. Olivier enterrait sa vie sexuelle. Il avait eu droit à quinze bonnes années avec Monique. Il se savait déjà privilégié.

❆

Depuis, il vit une paix des sens un peu triste mais plutôt confortable. Loin de le refermer, sa continence l'a rapproché des autres. Il retombe en petite enfance. En renonçant, il s'est dégagé d'une mission impossible. Il sera toujours trop tordu pour pisser droit ; autant le savoir. Le goût de monter un projet lui revient. Il n'attend plus que l'occasion. C'est donc sans résistance qu'il a cédé au père Bertrand, en visitant Fort Liédot. Le hasard l'avait conduit sur l'île d'Aix, mais en plongeant dans le projet du maire, il a choisi d'y rester.

Olivier n'a jamais eu d'enfant. Après avoir secondé Monique pour élever les siens, il aidera des centaines de familles à reprendre courage, dans les rires et les jeux. La magie de Fort Liédot l'a sorti de sa tristesse. C'est plutôt sereinement qu'Olivier sent venir l'heure du bilan. Il accepte la situation : il vit seul et ça vaut mieux.

13

À la fin de novembre 1999, elle est ignorée des critiques, l'expo de Claire Thiercy. Même la très efficace Stéphanie Morand ne peut rivaliser avec les fêtes du nouveau millénaire. Paris ne sait pas qu'une belle Vaudoise lui offre une vision sensible et originale du monde. Paris dîne devant la télé et ne sort que pour se montrer. Claire offre des yeux à Paris Aveugle.

Au vernissage, Stéphanie crée l'illusion du succès. Elle dispose de très précieuses listes de pique-assiettes qui carburent aux petits-fours et au champagne. Pas un journaliste ne s'est présenté. Claire, qui avait craint le contact avec les médias, perd pied. Elle n'ignore pas ce que Thomas vient d'investir dans l'entreprise. Son père a la folie des grandeurs. L'exposition restera en place jusqu'en février, quoi qu'il advienne.

Après tous ces mois de travail intense en chambre noire, Claire dispose de plus de temps libre qu'il ne lui en faut.

Stéphanie affirme que tout n'est pas joué. Il suffira d'une seule bonne critique pour attirer les autres. En janvier, après le bogue de l'an deux mille, la fièvre retombera. Il lui restera encore tout un mois pour allumer Paris Feu-de-paille.

— Il suffit que j'en amène un. Si j'arrive à amorcer la pompe, la Seine va s'engouffrer ici. Il n'y a jamais rien eu d'aussi fort dans cette galerie.

— J'en ai marre de Paris. Je ne savais pas qu'il pouvait pleuvoir autant quelque part. C'est la mousson ou bien ?

— Repars dans tes montagnes. Tu es à quatre heures de TGV. Aie confiance dans le jugement de ton père. En louant la galerie pour trois mois, il ne s'est pas fait rouler par une Parisienne fourbe. Il a de l'expérience et connaît le monde.

Le jour de l'ouverture, Claire observe Thomas, Madeleine et Raoul qui se gaussent de tous ces snobs faussement extasiés devant son œuvre. La veille du vernissage, elle a eu la délicatesse d'amener sa famille voir le tout. Devant chaque montage, Raoul se tournait vers Claire et la regardait comme s'il découvrait une extraterrestre. À chaque nouvelle image, lui, que toutes les prétentions artistiques rasaient jusqu'aux parties les plus intimes, recevait crochet de droite sur uppercut et direct au plexus. Claire se révélait bien la fille de Madeleine.

Raoul aimait beaucoup Thomas. Il lui était reconnaissant de tant d'intelligence et de sensibilité. Certes, il admirait son travail à Terre des Hommes. Mais, surtout, il l'avait côtoyé pendant toutes ces années sans découvrir la moindre mesquinerie chez le mari de Madeleine. Il sentait que, pour vivre aussi généreusement, il fallait avoir beaucoup de peine. Il s'était approché de lui en s'arrachant au dernier sujet.

— C'est un génie, cette fille ! Ou bien je suis un crétin ?

— Console-toi. Si tu es un crétin, nous sommes deux.

Madeleine savait depuis longtemps que Claire serait une femme exceptionnelle. Mais depuis son départ, elle avait toujours eu peur pour elle. En se libérant de sa cage dorée, Madeleine craignait de sacrifier sa fille. L'exposition n'avait rien pour la rassurer. Sa fille, tout comme elle, accouchait l'univers. Aurait-elle le courage de ne pas s'enfuir à la vue de l'eau maculée et du sang... qui précédaient chaque naissance ? La solitude de sa fille l'ébranlait. Ses photos manifestaient tellement de force que Madeleine craignait la cassure. Claire avait besoin d'aimer quelqu'un, de voir le monde à travers des yeux amoureux. Dans toute l'œuvre de sa fille, elle n'avait pas découvert un seul brin d'humour. Son désespoir manquait encore de politesse. Il y avait bien deux Claire. Celle qui savait choquer par un peu trop de grivoiseries autour de la table et cette alchimiste qui rhabillait le monde pour mieux le dénuder. Elle était contente que les examens de fin de session aient confiné Ouriel à Saint-Maurice. L'adolescent avait besoin qu'on le prépare à cette exposition.

☾

— Dommage qu'Ouriel ne soit pas avec nous.

Madeleine regarde Claire.

— Qu'est-ce que tu fais dans ma tête?

Elles rient. Elles vont au Café français, place de la Bastille. Devant elles, Stéphanie marche entre Raoul et Thomas. La reine n'est pas du tout démontée. On ne séduit pas Paris en un soir. On le conquiert en une seconde. Il s'agit de la sentir passer. Pour cela, la patience de Stéphanie ne fait que croître avec l'attente. Elle carbure au défi. Si elle tient une artiste, une vraie, elle ne la lâche jamais.

Quand ils se quittent, en fin de soirée, elle a changé ce non-événement en première étape nécessaire, obligatoire, incontournable et prometteuse.

— N'oubliez pas l'essentiel: maintenant, quelque part dans Paris, Claire est constamment présente. Un jour, quelqu'un va franchir la porte de la galerie. Il verra, le dira et les autres fonceront à sa suite.

Elle monte dans un taxi en répétant: «Patience, patience, patience.»

❬

La semaine suivante, Claire roule dans le Valais. Elle a dormi dans le Lavaux et revu ce grand livre que Thomas laisse toujours sur le buffet du salon : *Regarde, regarde comme tout est beau.* C'était l'écrivain vaudois Charles Ferdinand Ramuz qui parlait à son petit-fils de trois ans, en l'appelant Monsieur Paul. Claire a vu ce bouquin des centaines de fois. Elle a levé la tête en direction du lac et des montagnes au bout de la terrasse presque aussi souvent. Oui, c'était beau. Un jour, son père était rentré d'un concert amateur. La chorale Chantecler, formée d'employés des chemins de fer fédéraux, reprenait tous les chants du pays. Il avait offert leur cassette à sa fille.

Claire adore rouler en écoutant *Les trois cloches* de Gilles et *Le ranz des vaches,* ce si beau chant des armaillis de la Gruyère. Ces cow-boys fribourgeois la remuent jusqu'aux larmes.

❬

En revenant de Saint-Maurice, elle a moins le cœur à la musique.

Cette fois, Ouriel lui échappe. Son petit frère, son petit bébé chéri, son petit ange adoré vient de lui révéler son grand secret : il entre à l'abbaye de La Ferté, chez des moines cloîtrés. Il n'a pas choisi Cîteaux par humilité. La célébrité du monastère ne lui convient pas. La discrète abbaye de La Ferté l'attire davantage. Sa famille pourra lui rendre visite trois jours par année. Mais, même là, ils ne partageront plus jamais un repas. Elle connaît Ouriel, sait que toute discussion sera inutile. Cet être d'exception s'avère conséquent. Il aura un destin exceptionnel. Il ne passera pas même les fêtes de fin d'année en famille. Il profitera de ses vacances pour vivre, à La Ferté, ce qu'il appelle « une expérience monastique ».

Claire ne veut pas se retrouver seule avec Thomas, Madeleine et Raoul. Ils ne seront là que pour elle. En son absence, sa mère et son amoureux fileront à Barcelone et Thomas veillera sur Edmond Kaiser qui lutte contre la maladie. Paris et sa fin de millénaire sont exclus.

Claire Thiercy est seule au monde.

— J'irai donc sur cette île d'Aix, comme une grande fille.

☾

Trois jours avant Noël, elle laisse sa voiture dans le grand stationnement de Fouras. Il pleut des cordes et le vent fait des nœuds.

Le bac s'arrime au quai en se tordant… et l'hôte de la Suissesse dépose la valise de son invitée sur un chariot à roulettes.

Ils passent sous les grands arbres de la place d'Austerlitz pour s'engager rue Gourgaud. Un peu avant la rue Marengo, l'ancien vigneron bordelais s'arrête.

— Je vais vous présenter Sylvie.

Claire franchit un porche étroit. Au bout du passage, la porte s'est ouverte sur une immense pièce à plafond bas. Dans l'énorme cheminée, une grosse bûche pète le feu. Des odeurs chaudes chantent des airs bourguignons. Le coq au vin vient de séduire une nouvelle poule.

— Bienvenue ! Vous dînez avec nous. Jean-Paul vous emmène à Bois Joly, vous vous installez et, à vingt heures, on vous attend.

Sylvie ne laisse pas le choix. Surtout, elle ne donne pas le goût de refuser.

Deux femmes intègres viennent de se reconnaître.

— Euh! Merci. Je peux apporter quelque chose?

— Un peu de soleil, si possible; le temps est vraiment pourri.

Deux chiens de chasse font connaissance avec Claire pendant qu'elle résiste mal à l'envie de se laisser choir en soupirant d'aise devant le foyer.

《

Cinq heures plus tard, son rêve est réalisé.

Assise devant le feu, elle décortique des crevettes apportées par un couple de voisins, venus faire connaissance avec la pensionnaire. Pour Sylvie et Jean-Paul, il n'y a pas de clients. Ce sont des invités qui participent aux frais de la fête, en laissant juste assez de fric pour assurer un profit honnête.

《

Le lendemain matin, Sylvie se présente chez Claire avec un vélo et une carte de l'île.

— Voilà. Vous avez maintenant tout ce qu'il faut pour vivre ici. Le mini marché ferme à treize heures. Si vous avez besoin de faire des courses, c'est le matin. Je vous ai réservé un pain.

La Vaudoise franchit la rue des Remparts et opère une véritable razzia dans le petit commerce. Elle aimerait recevoir à son tour quelques-uns de ces Aixois si accueillants.

Puis, Claire fonce à vélo vers Coudepont. Le regard noyé de bleu, elle a longé Les Ormeaux. Pleine de vagues, elle entre dans le bois. Elle se le promet: ce sera son rendez-vous quotidien. Elle dépasse les Sables jaunes, fait une courte halte à Baby Plage et repart sur sa bécane jusqu'à la prochaine station. Stéphanie Morand sait reconnaître les belles choses. La pointe de Saint-Eulard se révèle, en effet, un lieu magique. Assise sur le grand banc, Claire ouvre le dos au soleil et s'abandonne à la vue du large. Après ce séjour parisien prolongé, la fille des montagnes succombe au charme de la mer.

☾

Quarante-huit heures plus tard, quand, par curiosité, elle entre dans la belle église Saint-Martin pour la messe de Noël sans prêtre, elle connaît tout le monde, ou presque. Un inconnu discute avec le maire. Ce doit être un de ses fils, revenu pour les fêtes de fin d'année.

Olivier est rentré du continent la veille. On lui a déjà parlé de cette Suissesse venue passer Noël parmi eux. Seule. Le Québécois est intrigué. Pourtant, elle ne pourra jamais percevoir le moindre signe d'intérêt de sa part.

Beaucoup d'Aixois réunis dans l'église ne sont là que pour la nostalgie. Pour eux, le père Noël américain et le petit Jésus né dans une étable participent du même folklore. Mais ce n'est pas vrai pour le père Bertrand. Le vieux marin a conservé une foi d'enfant. Cette nuit encore, c'est lui qui remplace le prêtre. Pendant que le maire monte à l'autel, Claire se retire tout au fond. Elle pense à son Ouriel réfugié à La Ferté jusqu'à l'Épiphanie, et pleure doucement. Elle terminera la nuit seule. Ses hôtes sont sur le continent. Jean-Paul et Sylvie passent quelques jours en Gironde avec leur fils.

Quand elle sort de l'église, un marin attend la belle blonde. Après un salut militaire tout à fait bouffon, il articule péniblement.

— Christophe Régnier du *Pierre Loti*, en service commandé. Vous êtes invitée à réveillonner au quartier général de la marine française stationnée rue Gourgaud.

Il pouffe de rire.

— C'est le Jean-Paul qui ne voulait pas vous savoir seule. Soyez sympa : acceptez ! Sinon, il va nous en parler jusqu'à la fin du monde.

Claire voit bien que le marin ne pourra jamais décrocher la croix de tempérance, mais il ne lui fait pas peur avec sa bonne tête d'épagneul alcoolique.

— À vos ordres, mon amiral. Le capitaine Claire Thiercy de la marine suisse accepte votre invitation.

— Ah ben merde ! Vous êtes chouette !

☾

Claire se retrouve dans la petite salle à manger où sont attablés les trois marins de service. Ils n'ont pas mis les pieds à l'église, mais se font raconter, en détail, la messe de minuit.

Noël entonne un tonitruant « Minuit, Chrétiens » sous les rires de ses compagnons.

Ils ont bourlingué pas mal avant de revenir sagement jouer dans l'eau entre l'île d'Oléron et l'île de Ré.

En fatiguant la salade et en coupant le fromage, ils ravivent des impressions d'Afrique et s'amusent comme des gosses.

— Miss Côte d'Ivoire accorde une interview.

Alban imite affectueusement l'accent de là-bas.

— Alors, Miss Côte d'Ivoire, quel est votre passe-temps préféré ?

— Mon passe-temps préféré, c'est l'amour.

— Ah ! Miss Côte d'Ivoire, pourquoi l'amour ?

— Parce que l'amour… c'est bon !

Les mecs rigolent.

Claire la ramène avec une série de ces histoires épicées dont elle semble avoir une réserve inépuisable.

Elle passe un des meilleurs réveillons de sa vie.

En zigzaguant sur son vélo dans le léger brouillard de fin de nuit, Claire chantonne.

— Je viens d'accoster sur l'Île enchantée.

☾

Deux jours plus tard, des vents de deux cents kilomètres à l'heure s'abattent sur son petit paradis. Les toitures charentaises pleurent leurs tuiles et les grands arbres hurlent en s'arrachant des rochers. Après une nuit passée sous un amoncellement de couettes, Claire se réveille dans une île d'Aix coupée du monde. Seul un modeste groupe électrogène alimente l'armoire frigorifique d'Aix Service. Claire sort du studio, munie du nouvel appareil photo numérique que Stéphanie lui a offert. Elle remonte vers le bourg. Des arbres couchés par la main du géant bloquent la route. Même le vélo n'est plus possible. Il faut serpenter. Elle continue dans la rue Gourgaud, au milieu des tuiles éclatées. Quand elle arrive place d'Austerlitz, c'est le choc : pas un arbre n'a résisté. C'est un paysage de guerre, l'image d'un grand parc après un bombardement. Ses réflexes de photographe vont jouer le reste. Elle a en main une série de clichés surréalistes quand son téléphone portable la sort de l'envoûtement. Stéphanie s'inquiète. La veille, le Bois de Boulogne a été dévasté. Elle sait ce qui s'est passé cette nuit en Charente-Maritime.

— Tu devrais voir, Stéphanie. Ici, c'est Waterloo à Austerlitz. Toute la place est ravagée.

— Tu as des photos ?

— Une pleine disquette.

— Fais-moi parvenir ça, que je ne meure pas de curiosité.

— C'est impossible. Nous n'avons plus d'électricité.

— Mais tu as une pile dans ton portable, béotienne !

— Bien sûr !

— J'attends le mail !

Claire rentre au studio, ouvre son ordinateur portable, choisit quelques images et bénit la technologie.

❨

Le lendemain, de grandes lettres rouges mordent une photo en première page de *Libération* : « Waterloo à Austerlitz ».

Stéphanie ne rate jamais le train. Elle a récupéré le désastre et mis au monde sa Vaudoise.

❨

Mais l'ampleur de la catastrophe commande la pudeur. Claire laisse tomber les beaux cadrages.

Les deux yeux ouverts, elle se rend à la mairie pour offrir son aide. Comme il n'y a pas de blessés, elle est soulagée de ne pas devoir parler médecine.

— Vous seriez choquée si je vous demandais de nous aider à la cuisine ?

— Mais non, pourquoi ?

Le père Bertrand plisse les yeux, comme en mer.

— Bon ! Comment dirais-je ? Vous êtes une jeune femme moderne et ce que je vous demande est tellement stéréotypé ! Hum ! Hum !

— Non, ça me va très bien, la cuisine.

Claire retrouve Sylvie, Jean-Paul… et rencontre Françoise. Ils l'accueillent avec réserve et bienveillance. Elle aime tout de suite Françoise. Le couple de Bordelais lui plaît déjà. Jean-Paul a la fin de la cinquantaine souriante. Chez Sylvie, un beau mélange de joie de vivre et de discrétion inspire confiance.

On a choisi de dîner en commun, par plaisir. C'est une idée du Québécois.

Depuis son arrivée sur l'île, Claire est intriguée par ce Québécois solitaire. Elle vit juste à côté du pavillon qu'il habite, face à la mer, dans le jardin de Françoise. Ils se saluent, comme c'est la coutume sur l'île, mais le hasard ne les a pas encore assis à la même table.

Dans la grande salle de l'école, on aligne les tables en fin d'après-midi et à vingt heures, tout le monde oublie le désastre jusqu'au lendemain matin.

❦

À la mi-janvier, le tout-Paris connaît Claire Thiercy. Elle ne bouge pas de l'île d'Aix. Stéphanie approuve : le mystère ajoute au charme. Elle n'aura même pas à remonter pour le décrochage ; tout est vendu.

En saison estivale, elle serait devenue la coqueluche de l'île et aurait dû partir. Mais les vrais Aixois lui font à peine savoir qu'ils sont au courant de ses succès. Il y a déjà ici tellement de personnages ; elle n'en est qu'un de plus. Dès les premières heures, elle a participé au nettoyage de l'île ; ils l'ont adoptée.

❦

Au début de février, elle revient de Rochefort avec son trésor. Claire a acheté les vingt tomes des *Rougon-Macquart*. Elle plonge avec bonheur dans l'histoire de cette famille du Second Empire. Ce n'est pas le pessimisme qui traverse l'œuvre. C'est l'indignation d'un homme qui s'entête à communiquer son amour de la vie pour ne pas mourir de peine. Elle aime Émile Zola comme un grand frère. Pendant près d'un quart de siècle, il a suivi ses personnages de Plassans à Paris, il leur a fait prendre toutes les directions, les a gavés et ruinés. Ils ont été victimes de toutes les illusions et portés par toutes les ambitions. De la trentaine fébrile à la pénétrante cinquantaine, Zola offre son cœur malade. Cent vingt ans plus tard, Claire Thiercy le reçoit, émue.

Le succès de son exposition lui a fait plaisir, mais elle ne poursuivra pas. En regardant la première page de *Libé*, elle s'est sentie indécente. Elle ne va pas devenir l'un de ces journalistes qui cherchent l'angle parfait pour filmer le malheur… même avec les meilleures intentions. Elle a tout pour réussir et n'a rien envie d'entreprendre. Elle souhaiterait arriver à vivre sans projet. Ça semble difficile. La plupart des gens peuvent se rabattre sur la survie. Elle ne va pas jouer à la fausse pauvre pour étourdir son angoisse.

☾

Stéphanie a fait vider le beau studio parisien de Claire. Deux grosses valises lui apportent ses petites culottes et tout un dossier de presse trop positif. Elle connaît le processus. Ils l'ont mise sur un piédestal ; ils l'attendent pour la déboulonner. Mais Claire sait qu'elle a tout donné d'un seul coup. Elle ne pourra que se répéter en créant l'illusion de se renouveler. Il ne sera plus question que de durer. Elle ne veut pas durer pour durer. Elle a envie de se surprendre. En ce début de millénaire, elle va vivre une lente période de gestation, ici, dans cette île en hibernation.

14

Le 23 avril 2000, en fin de soirée, Olivier rentre de Fort Liédot. Depuis une heure, le père Bertrand accomplit un miracle : il parle sans respirer. «Quand est-ce qu'il prend de l'air ?» pense Olivier en souriant.

Il faut dire qu'il y a de quoi se réjouir ; sans trop savoir ce que ça donnerait, on a lancé, à Noël, une invitation au mouvement scout de France : une corvée pour mettre en place les équipements nécessaires à la première de La Famille en Fête.

Il en est venu de tout l'Hexagone.

L'électricité et la plomberie sont installées depuis un bon moment. Jeannot, le roi du lieu, dispose maintenant de tout le confort. Il s'agite autour des deux chefs. Et les scouts l'ont adopté. Il rattrape son enfance, Jeannot lapin : des jeunes qui ne lui veulent pas de mal guérissent quelques vieilles blessures.

Les vacanciers, en grande majorité, ont offert leur aide.

On a décidé de reprendre les repas en commun pour la fin de semaine : les mêmes équipes aux mêmes postes que pendant le nettoyage de l'île, en janvier.

D'une certaine manière, Olivier refait dans l'autre sens ce que Buissonneau avait créé à Montréal. En plus gros, en plus moderne, en plus multimédia, il poursuit le même objectif que le Fou français : éveiller les enfants, leur confirmer que

leurs rêves les plus échevelés sont les meilleurs. Et que —
merde! — la vie est belle.

Il voit la Suissesse qui a réintégré l'équipe de la cuisine
pour le repas du soir. Françoise décide du menu avec les
Bordelais Sylvie et Jean-Paul, elle le transmet à Claire qui
donne la liste des courses à Bono. Ils sont vraiment fous,
Françoise et Bono ; ils réussissent à coopérer sans même se
regarder. Oui, les Aixois ont la tête dure.

Olivier la trouve bien belle, la Vaudoise. Une timide nostalgie lui noue la gorge quand elle est tout près de lui.

Ce matin, elle est arrivée vêtue d'un pantalon noir mou-
lant, d'un pull rouge et d'un foulard tout aussi rouge pour
retenir ses cheveux. Olivier en a eu l'âme chamboulée. Il la
regarde quand elle ne le voit pas. Il se trouve ridicule, mais il
n'aime pas s'installer à la même table qu'elle... ou, alors, tout
au bout. Qu'est-ce qu'elle l'impressionne !

Pour Claire, c'est autre chose. Elle se dit que ce Québécois
est de la race de son papa : un chef. Toutefois, le malaise
d'Olivier la lance sur une fausse piste. Elle croit qu'elle ne lui
plaît pas. Elle ne pense même pas en termes amoureux. Elle a
l'impression qu'il ne la trouve pas sympathique. Alors, en
bonne Vaudoise, elle reste sur son quant-à-soi.

Parfois, pendant le repas, à la suite d'une histoire bien
épicée qui fait éclater de rire toute sa tablée, elle jette un coup
d'œil du côté d'Olivier. Le Québécois semble fasciné par la
cuisse de poulet qu'il mange en silence, les yeux dans l'assiette. Son début de sourire est mal interprété par Claire : ce
con de Québécois se permet-il de mépriser la grivoiserie ?
«Bosseur, mais coincé, le roi du sirop d'érable», se dit-elle
avant de le provoquer par une histoire pire que la précédente :
non, mais pour qui se prend-il ?

☾

Le père Bertrand est redevenu capitaine de bateau. Lui qui vouvoie généralement jusqu'aux enfants se transforme pendant les heures de travail. Il tutoie tout le monde et ne laisse personne en rade. L'équipe de direction qu'il forme avec Olivier produit des résultats si manifestes en si peu de temps! L'enthousiasme circule dans les veines des bénévoles.

Toute l'île s'est mobilisée. On se repose du nettoyage des dégâts de la tempête en changeant d'ouvrage. Au lieu de ramasser des débris, on crée du rêve. L'avenir n'est plus au futur; on le bâtit ici, maintenant.

Oui, en ce premier dimanche de Pâques du troisième millénaire, Olivier et le père Bertrand se pètent les bretelles. Toute cette jeunesse les a épuisés. Et quelle bonne fatigue!

Derrière eux, un grand feu de joie monte au centre de la place du fort. Bon Dieu de scouts! Ils s'endormiront à la belle étoile, dans leurs sacs de couchage. Mais pas tout de suite.

Le son des voix et des guitares poursuit joyeusement les deux hommes. On dirait un chœur grec en arrière-plan de ce récitant de père Bertrand.

Olivier sent aussi que c'est gagné: La Famille en Fête aura bien lieu pour la première fois cet été. Oh! Il ne cessera pas de planifier, il ne perdra pas sa vigilance, mais le succès se pointe peut-être.

Cependant, il n'a pas le triomphe facile. Il sait que le diable est dans les détails. Il connaît la loi de Murphy: la tranche de pain tartinée qu'on laisse tomber se retrouve toujours face confiture sur le sol.

Alors, comment ne rien échapper? S'ils se cassent la gueule, La Famille en Fête ne reviendra pas. Tous les ennemis du père Bertrand, qui se tapissent dans l'ombre, n'attendent que ça pour démolir les deux hommes.

Oui, le voici de nouveau pris dans le travail par-dessus la tête. Et il ne s'en plaint pas. Il a peur de manquer son coup, c'est tout. Mais, comme on disait au Quat'Sous, ça fait partie de la *game.*

15

Que fait Claire sur cette île d'Aix ? Elle s'y attarde depuis des mois. En février 2000, quand elle a choisi de s'installer en Charente-Maritime pour quelque temps, elle est déménagée tout près des Ormeaux, au bout de la plage aux Coquilllages.

❰

Elle montait sur le bac pour Fouras, avec l'intention de se rendre à Rochefort faire des courses. Une belle grande dame âgée l'avait abordée. Depuis la mort de son mari, Reine vivait seule dans sa grande maison. Elle avait proposé à Claire le logement meublé dont elle disposait sur la cour.

— Je vais laisser filer beaucoup d'argent en me retirant du marché des vacanciers, mais vous me plaisez ! J'ai perdu une fille de votre âge et votre présence va me consoler un peu. Oh ! Ne craignez pas que je vous envahisse ! Je suis une vieille sauvageonne ; tout le monde vous le confirmera. Vous n'entendrez pas le son de ma voix, je vous l'assure.

❰

Ce n'est pas vrai; elle parle comme un moulin. Cependant, elle se révèle discrète. Elle ne veut tellement pas être envahie qu'elle respecte scrupuleusement le territoire de sa locataire. Claire peut rester une semaine sans la voir. Les deux logements se font dos et chacun dispose d'une entrée indépendante.

Que fait Claire sur cette île? Ouriel entre à La Ferté et Claire en ressent une grosse colère. Elle a perdu!

Depuis trois mois, elle s'enfonce dans les *Rougon-Macquart*, sort en mer les après-midi de marée haute sur le bateau du petit-fils de Reine et laisse filer les jours, sans s'accrocher au calendrier pour calculer pertes et profits.

Elle participerait volontiers à la préparation de La Famille en Fête, mais Olivier ne l'a pas proposé. Pour Claire, pas question de s'imposer.

☾

À la mi-mai, en finissant le dernier tome de Zola, *Le Docteur Pascal*, Claire s'attarde sur la dernière phrase: «Et, dans le tiède silence, dans la paix solitaire de la salle de travail, Clotilde souriait à l'enfant, qui tétait toujours, son petit bras en l'air, tout droit, dressé comme un drapeau d'appel à la vie.»

Claire pose la main sur son ventre et laisse ses doigts remonter jusqu'à son sein gauche; celui qui lui couvre le cœur. Elle revoit son bébé, son Ouriel buvant au *sein palliatif*. C'est le nom qu'elle donnait au biberon trafiqué par ses soins, tout au début.

Non, elle ne connaît pas ce que Clotilde pouvait sentir. Non, Ouriel n'est pas son enfant. Il faut sortir du mensonge. Pour qui a-t-elle fait tout ça? Ouriel? Ou Claire? Pourquoi, à seize ans, vieillissait-elle si vite pendant que Thomas se confessait? Elle prenait sur elle le malheur de son père. Le poids de la peine de l'homme tombait sur les épaules de sa fille. Claire ne pouvait plus attendre quoi que ce soit de qui que ce soit. Elle venait de perdre confiance. Il ne restait qu'un seul être sur lequel elle pourrait compter : elle-même.

Les autres, il faudrait leur mentir : les rassurer, les cajoler, les border et leur chanter des berceuses. Même son père, si riche et si puissant… même son papa était un enfant perdu. Il fallait porter le monde à bout de bras. Et pour ça, valait mieux se faire des muscles !

Pourquoi Claire s'était-elle isolée dans la grande maison du grand domaine de Thomas pendant les trois dernières années de son *teenage*; de *sixteen* à *nineteen*? Pas pour sauver Ouriel, non ! Ce matin, sur l'île d'Aix, dans le logement de Reine, au bout de la plage aux Coquilllages, elle ne peut plus se berner. Non ! Elle s'était enfermée dans la cage dorée pour ne pas affronter le regard des jeunes de son âge. Elle n'aurait pas supporté de les voir, jour après jour, avec leurs gueules pleines de projets, tournés vers l'avenir, contents d'eux-mêmes. Elle aurait étouffé dans ce petit monde de séduction où filles et garçons se cherchaient, se consommaient, se rejetaient et remettaient instantanément le compteur à zéro pour replonger de plus belle dans une nouvelle histoire d'amour qui durerait encore une fois toute la vie. Le sens du ridicule et le plus simple esprit critique ne les atteignaient pas.

Même si Claire continuait à aimer son papa, elle ne pouvait s'empêcher de céder à la dérision. Elle avait trouvé le titre de son autobiographie : *La fille de l'enculé*. Oh ! Elle ne l'écrirait pas, n'en avait pas l'intention et croyait faire de l'humour. Cependant, c'était bien ce qu'elle pensait.

Comme elle ne pouvait pas supporter cette épouvantable vérité, Claire courait plus vite qu'elle. Pour lui échapper, elle s'occupait, s'agitait, rendait service à tout le monde, toujours disponible et contente d'être utile. Elle ne révélait rien de ses états d'âme. Elle n'y cédait pas… et aurait juré, en toute bonne foi, ne pas en avoir.

(

À dix-neuf ans, quand elle était entrée au gymnase, tout semblait *propre en ordre*. Madeleine nageait dans le succès, Thomas se soignait dans l'aide humanitaire et, comme elle, Ouriel partait le matin pour l'école.

Parmi les adolescents, Claire était une vieille. Là aussi, elle avait installé un rapport maternel. Jamais un garçon de seize ans n'aurait osé un numéro de charme sur elle. L'œil bleu de Claire semblait promettre le Panthéon du Ridicule à toute tentative de séduction sentimentale.

(

Dans une sorte de colère larvée, Claire avait jeté sa virginité aux orties. Elle était en retraite œcuménique, une de ces rencontres entre protestants et catholiques mettant en lumière les points communs plutôt que les différences. À l'abbaye de la Fille-Dieu, dans le canton de Fribourg, l'équipe occupait les douze places: quatre chambres à un lit et quatre à deux lits.

L'après-midi, on s'était rendu à Romont. Sur la terrasse du café, un long plan accroché à la rampe indiquait le nom de chaque pic enneigé qui dentelait l'horizon. On jouait à deviner. Sans regarder la carte, le pasteur de la cathédrale de Lausanne, un homme marié, athlétique et Thurgovien d'origine, confirmait les bonnes réponses. Il impressionnait tout de même un peu la très jeune femme.

Elle sortait de ses trois ans de désert avec Ouriel. Elle s'était fait violence pour participer à cette retraite religieuse. Mais elle avait décidé de sortir de l'isolement. Et puis, il lui plaisait, le beau monsieur; ça n'avait pas eu peu d'importance dans sa décision.

Elle venait d'identifier la Dent de Brenlaire et se retournait pour sourire au pasteur qui la félicitait. Il était rouge comme une tomate. Trop tard: elle avait vu. Le bon garçon était surpris en flagrant délit de concupiscence, au beau milieu d'un essaim de phéromones. Le soir, la douzaine de jeunes gens dormaient quand elle avait silencieusement quitté le lit. Claire était allée se glisser dans celui du pauvre homme qui ne la quittait pas des yeux depuis leur départ. Non, le pasteur ne voulait pas tromper son épouse, céder à la tentation, convoiter une autre femme. Pourtant, son corps de pécheur se laissa revêtir du condom que Claire déroulait d'une main trop sûre.

— Viens!

L'homme de parole passa tout de suite aux actes. Quand il sentit que Claire était vierge, il redressa la tête et fit un geste pour s'éloigner.

Claire le regarda au fond des yeux.

— Non! Reste! C'est toi que j'ai choisi.

Le grand blond fit bien les choses. Quand il pénétra Claire, elle l'appelait de tout son ventre depuis un long moment.

Initiation réussie et confirmation du préjugé de Claire: le sexe n'avait rien à voir avec l'amour. C'était hygiénique, naturel et sans conséquence. Ça calmait les nerfs et permettait l'équilibre.

Pour ne pas mélanger les cartes et perdre pied dans une histoire romantique tragi-comique, Claire ne fréquentait que des hommes mariés. Ils étaient trop menteurs pour la mettre en danger. Elle n'ouvrait jamais ses draps aux amoureux possibles comme ce Charles Petit de Dijon qu'elle avait si finement repoussé pendant le stage du jeune médecin bourguignon, au CHUV de Lausanne.

❨

Claire a fait de bonnes études, est devenue un excellent médecin, une photographe exceptionnelle et elle développe depuis l'adolescence un type d'humour très particulier d'où la scatologie et le scabreux ne sont pas exclus. Le malheur n'a aucune emprise sur elle: Claire ne peut pas perdre ses illusions; elle n'en a pas. Cependant, le bonheur n'a pas davantage prise sur elle.

Pourtant, le livre d'Émile Zola entre les mains, la dernière phrase lue, elle ne le referme pas. Elle voit le petit bras qu'agitait cet enfant dans les dernières lignes du *Docteur Pascal* et faiblit dans ses certitudes. Ce sont ces derniers mots «d'appel à la vie» qui l'ébranlent.

Elle sent trembler son ventre quand l'agitation la tire du guet-apens sentimental. On frappe à la porte en criant.

— Claire, Claire, vous êtes là?

Elle accueille une Reine surexcitée.

— C'est Bono! Il s'est coupé! Ça saigne beaucoup. Allez chercher le docteur Chaudet! Je ne veux pas le quitter.

La Vaudoise saute sur son vélo et file au bureau du médecin.

Le docteur Langis Chaudet passe la journée à La Rochelle.

Claire traverse la rue Gourgaud en direction de la mairie.

❨

Debout devant une maquette, le bonhomme discute avec Olivier. Elle interpelle le père Bertrand.

— Monsieur le maire, Bono s'est blessé. Le docteur Chaudet est absent. Venez m'ouvrir le dispensaire. Je suis médecin.

— Ah! Bon! Comment dirais-je? Vous êtes médecin! Pourquoi ne l'avez-vous pas dit?

— Parce que ce n'était pas nécessaire. Allez! Ouste! Attendez-vous que je vous montre ma carte? Tenez! Donnez-moi la clé!

Elle laisse bouche bée Olivier… autant que le maire. Les deux hommes se regardent, illuminés. Ainsi, tout comme les malheurs, les bonnes nouvelles se présentent en série.

☾

Une heure plus tard, Claire boit du rhum dans la casemate de Bono. Ah! Que ce vieux bougre lui plaît. Quelle bonté dans le regard du marin déchu! Un raté plein d'amour lui ouvre les yeux. Le bonhomme ne possède rien. Pourtant, son repaire, astiqué comme un vieux rafiot, respire l'ordre et la paix.

Reine et le père Bertrand viennent de les quitter. Claire a entendu le bon vieux maire confier sa nouvelle trouvaille à la belle grande Aixoise.

— Il faut que vous nous la gardiez. Comment dirais-je? Un jeune médecin ici, c'est inespéré! J'en connais un qui va jubiler ce soir. Le docteur Langis écume les facultés de médecine depuis cinq ans pour se trouver un remplaçant sans savoir que le bon Dieu avait pris les choses en main.

Bono sourit à la nouvelle coqueluche du maire.

— Vous êtes foutue ! Si vous ne courez pas attraper le prochain bac sans regarder en arrière, le Bertrand va vous emballer en moins de deux. Vous ne repartirez plus d'ici. Je l'ai souvent vu faire le coup. Il sort toujours gagnant. Vous savez pourquoi ? Il fait ça pour l'île, pas pour lui. Déjà, à la petite école, il était fou. Qu'est-ce qu'on s'est moqué ! Le con ! Ça ne l'atteignait pas ! Il riait avec nous. Par contre, fallait pas le toucher. Il était fort comme un Turc, le Bertrand. La première tape sur la gueule, c'était lui qui la donnait. Et il s'agissait d'une bonne, du genre qui enlevait l'envie de répliquer. Oh ! Il ne savourait pas la soumission. Il s'excusait en riant : « On n'allait pas se battre entre nous ! » Pour lui, c'était : « L'île pour les Aixois, les Aixois pour l'île. »

Bono rit en regardant Claire jusqu'au fond du cœur.

Fascinée, elle succombe. Mon Dieu qu'on est loin des calculs et de la réserve vaudoise.

Non ! Elle ne filera pas vers le bac, du moins pas tout de suite.

Elle accepte la nouvelle rasade de rhum que verse Bono de sa main valide et appuie le dos dans le vieux fauteuil d'osier, s'abandonnant comme si elle entrait en religion.

☾

En descendant du bac, le médecin est reçu par un comité d'accueil : le père Bertrand et Reine, la logeuse de Claire, l'attendent.

— Comment dirais-je ? Nous avons la solution.

Reine en rajoute.

— C'est formidable, docteur Langis !

Tout le monde l'appelle comme ça.

Le maire ne se laisse pas facilement couper la parole.

— Le médecin ! La Suissesse ! Comment dirais-je ? Elle est médecin !

Langis Chaudet marche déjà vers le bourg.

— Pourquoi ne l'a-t-elle pas dit ?

— Parce que ce n'était pas nécessaire. Comment dirais-je ? C'est ce qu'elle m'a répondu cet après-midi.

Reine s'accroche au bras du médecin.

— Elle est chez Bono.

Langis sourit.

— Il va lui faire le coup du rhum, c'est sûr.

— Oui, bon ! Comment dirais-je ? On va en profiter pour lui parler tout de suite, pendant qu'elle est un peu ramollie.

Il le sent bien, le vieux marin, que cette Suissesse a la tête aussi dure que ses Aixois.

— Je passe prendre des huîtres.

Reine renchérit.

— J'apporte les crevettes.

Le médecin, emporté par l'enthousiasme, s'arrête devant la maison de Jean-Paul et Sylvie.

— Trois bonnes bouteilles de Fronsac… et l'affaire est dans le sac.

☾

Le père Bertrand, Reine, Langis Chaudet, Jean-Paul et Sylvie marchent sur le petit pont, à la sortie du bourg, en direction de Bois Joly. Dans la charrette que tire Jean-Paul, Sylvie a ajouté du confit de canard et des longes de porc salées cuites au four : ça donne bien soif !

Ils partent en croisade. Le Saint-Graal est une petite blonde bardée d'un diplôme de médecine.

En passant devant la maison de Françoise, ils frappent chez Olivier. Pas question d'amener Françoise chez Bono !

Le Québécois est en train d'enseigner les échecs à Jeannot.

— *Oh boy!* Je crois pas que vous ayez besoin de moi. Faudrait tout de même pas lui faire peur.

Jeannot approuve.

— Ouais, faudrait pas lui foutre la trouille, quoi !

Olivier conclut.

— Et puis j'amène Jeannot à la réunion des AA dans une heure.

Jean-Paul fait rire tout le monde.

— On va se battre sur les deux fronts : la sobriété pour Jeannot et un peu d'ivresse pour la Suissesse.

☾

Dans la casemate, Bono sert un troisième verre de rhum à une Claire éméchée et bien légère.

16

Ce soir-là, au retour de La Rochelle, le médecin parle à Claire. Il souhaite se retirer sans quitter l'île. L'été, quand son bureau déborde de touristes, il gagne sa vie. L'hiver, il la célèbre tranquillement. Il a bien compris que Claire est aussi généreuse que riche. Et puis, la nationalité française de Madeleine facilitera les choses. Claire pourra travailler d'abord avec lui et n'aura pas à vivre toutes les frustrations d'un médecin étranger voulant s'installer en France.

Un coup de cœur et un coup de tête simultanés font davantage que le rhum pour qu'elle accepte de prendre la relève… Tout ce comité de gens si vrais, qui mangent et rient avec elle, lui révèle son début d'attachement aux Aixois. C'était le motif de Langis Chaudet pour rentrer dans l'île après ses études à Limoges : il revenait vivre parmi les siens. À soixante-dix ans, il avait un peu de mal, en août.

Déjà, Claire assurera au moins trois jours de garde par semaine. Le docteur Chaudet demeurant dans la maison familiale à Coudepont, elle pourra disposer du logement de fonction, dans le bourg.

Reine a accusé le coup : elle perd sa locataire. Elle camoufle sa déception en concluant qu'elle pourra de nouveau exploiter quelques touristes.

❨

Le 14 juillet 2000, en présence de tout le gratin de Charente-Maritime, le chanteur Henri Dès anime le spectacle d'ouverture de La Famille en Fête. Il loge chez Claire Thiercy. Les deux Vaudois se connaissent depuis des années. Olivier se demande jusqu'à quel point. Il lui semble qu'elle prend pas mal de place, la Suissesse.

Jeannot est le seul à porter une cravate. Loin de ne pas se sentir en phase, il sourit : en tant que gardien de sécurité, il se doit d'imposer le respect par l'exemple.

Le père Bertrand se retient pour ne pas pleurer. Avec l'aide d'Olivier, il a restauré Fort Liédot à grands coups de subventions et de commandites. Pendant que tout le monde le félicite, le maire se souvient à quel point, au départ, les habitants avaient jugé le projet loufoque. Mais loin de décourager le vieil ostréiculteur, leur scepticisme l'avait aiguillonné. Piqué au vif par leur doute, il se servait depuis des mois la même rengaine.

— Comment dirai-je ? Hum ! Hum ! On va voir ce qu'on va voir.

Il est en train de réussir au-delà de tout ce qu'on a pu imaginer.

❨

Pendant tout l'été, Claire émerveille Langis Chaudet. Le vieux médecin ne se tue pas au travail, loin de là. En fait, Claire pourrait se passer de lui. Plus elle est occupée, mieux elle se porte. Pourtant, à cause de La Famille en Fête, il y a plus de monde que jamais.

Le vieux docteur Chaudet passe même de grands après-midi à Fort Liédot, à jouer avec ses petits-enfants en visite.

La salle d'attente de Claire, toujours pleine, n'est pourtant pas engorgée. Une sorte de miracle! Elle a réussi un truc auquel Langis Chaudet n'avait jamais songé. Elle met les vieux Aixois à contribution. En engageant Évelyne, la bibliothécaire et organiste, pour préparer la fiche de chaque patient, et Reine, son ancienne logeuse, pour prendre en charge la petite pharmacie qu'elle doit gérer, elle s'est beaucoup allégé la tâche. Mais, surtout, elle a installé une bonne humeur permanente dans ses bureaux. Elle a transformé Bono en ambulancier: un matelas installé dans sa R 4 suffit. Le vieux marin, qui aime dire de lui-même qu'il est le saoul marin, respecte la sobriété sans effort. Sur son bateau, il n'a jamais bu: faut pas confondre travail et plaisir!

Évelyne, Reine et Bono y trouvent une nouvelle jeunesse. Non, rendre service n'a jamais tué; au contraire! Bien sûr, elle les paye. Mais cela a si peu d'importance.

☾

L'été file… comme un petit navire.

☾

Les touristes sont maintenant partis. L'île retrouve ses cours de théâtre pour la postière et ses amies; sa chorale pour l'instituteur et son harem; le Café de l'Océan pour les mêmes, toujours les mêmes; les vacances pour les hôteliers du Napoléon qui font relâche… et, pour tout le monde, les confidences de la mer dans le silence des dunes.

C'est l'automne.

❦

Prête depuis deux ans, la chambre d'amis d'Olivier n'a jamais servi. Il y retourne pour la dixième fois. Oui, les lys tigrés sont superbes dans le vase bleu prêté par Françoise. Le grand lit aux draps saumon s'offre à la lumière automnale de midi. Olivier revient à la cuisine. Les blancs de poulet échangent des saveurs avec les champignons, sous la haute surveillance du risotto au parmesan. Le bordeaux de Jean-Paul respire calmement en gardant une juste distance avec la cheminée.

— Bon, ben, c'est prêt !

❦

La semaine dernière, il a reçu un appel de Montréal. Les filles lui téléphonent maintenant assez souvent. Sur l'île, personne ne connaît leur existence. Nathalie et Ève le tiennent au courant de leurs affaires. Il pose quelques questions sur Maude, qui ne donne jamais de nouvelles. La jeune dramaturge écrit. Les filles le lui répètent. Le succès tarde à venir. C'est normal. Ève lui commande des textes pour enfants et assure la subsistance.

Depuis plus de six ans, Maude partage sa vie avec une femme plus âgée.

En l'apprenant, Olivier et Monique s'étaient réjouis pour elle. La sauvageonne se laissait enfin approcher. Les rapports d'Olivier et de Maude n'avaient jamais été faciles. Toute gamine, elle se raidissait dans ses bras quand il la transportait, profondément endormie, du salon vers le lit. Pourtant, elle ne se réveillait pas. Quand il rentrait de tournée avec Monique, Ève et Nathalie se précipitaient pour les embrasser. Maude attendait que Monique vienne vers elle. Maude ne boudait pas ; elle établissait des rapports d'égal à égal desquels les effusions étaient exclues. Pendant l'adolescence, on ne lui avait pas connu de petit ami. Elle était plongée dans Tennessee Williams, Jean Genet, Marguerite Yourcenar, Louis-Ferdinand Céline, Fedor Mikhaïlovitch Dostoïevski. Et dévorait toute la dramaturgie québécoise : Marcel Dubé, Françoise Loranger, Michel Tremblay, Marie Laberge, Michel-Marc Bouchard… Olivier s'identifiait à l'adolescente solitaire. Il la respectait et la laissait faire. Elle ne lui manifestait jamais d'agressivité, ne lui offrait pas davantage de marques d'affection. Les rapports de Maude avec lui demeuraient civils et courtois. C'était pareil pour tout le monde. La grande qualité de Monique consistait à vivre et laisser vivre. Maude n'échappait pas à la première règle de sa mère.

— Le jour où elle aura besoin de moi, elle saura bien me trouver.

☾

Mercredi dernier, Olivier a décroché le combiné.

— Olivier Genest à l'appareil.

— C'est Maude.

— Salut, Maude ! Mon Dieu que ça me fait plaisir de t'entendre.

Elle a la même voix que sa mère. Le silence se tend au-dessus de l'Atlantique.

— Ça va, Maude ?

— Pas fort !

Olivier craint de parler. À la moindre maladresse, elle se refermera.

— Allô! Olivier?

— Oui, Maude, je suis là. Je sais pas quoi dire. J'ai peur de faire une gaffe.

Olivier prie sans paroles. S'il peut trouver les bons mots!

— Maude, je suis pourri au téléphone. Viens-t'en. Tu vas inaugurer une chambre d'amis prête depuis deux ans.

Maude revoit Olivier pendant les dernières semaines de la maladie de Monique.

Il ne demandait jamais rien. Les autres pouvaient croire à son moral d'acier, mais Maude savait. La jeune dramaturge cédait sans état d'âme à une curiosité indécente. Elle écoutait aux portes et fouillait les tiroirs. Il s'agissait de bien connaître la nature humaine. Dès l'enfance, elle se relevait le soir et s'approchait sans bruit de la chambre de sa mère. Elle entendait les feulements torrides de Monique répondre aux rauquements si mâles d'Olivier. Le soir de l'enterrement, Nathalie exigea de ses sœurs qu'elles dorment à l'appartement d'Olivier. Il se montrait trop solide; elle n'y croyait pas. Maude savait qu'elle ne trouverait pas le sommeil. Elle acceptait cette nuit blanche qui ressemblerait à tellement d'autres. Vers quatre heures, la jeune fille se releva pour boire un bol de lait chaud. En passant devant la chambre d'Olivier, elle entendit les mêmes petits cris qui prenaient tant de place dans ses souvenirs. Enfin seul, Olivier pleurait sans retenue. À demi réveillé, il avait cherché Monique pour se rendormir en chien de fusil. Monique lui faisait mal comme une main coupée ressuscitée par le froid. Son absence était physiquement présente. À travers le mur, Maude voyait ce qui se passait. À elle aussi, les feulements de sa mère manqueraient toujours.

Chez Maude, la jouissance était associée à ces bruits de gorge. C'étaient ceux de la femme qui l'excitaient. Non, elle ne désirait pas sa mère. Elle voulait provoquer la même chose chez une autre. Elle avait envie de caresser de beaux seins ronds. Elle avait soif de la sève qui dégouttait dans la petite cuvette, à la commissure des grandes lèvres. Le goût âcre du bel anneau violet piqué de poils drus lui rappellerait-il le Campari ? À l'École nationale de théâtre, Maude n'avait jamais eu de petite amie. Pendant sa première année, on monta *Les Trois Sœurs* de Tchekhov au Monument-National. L'école avait fait appel à un metteur en scène français.

Noémie Levêque était une passionnée. Elle avait été élevée au Vésinet. À trente-cinq ans, Noémie se partageait entre les salles de répétition et les studios de musculation. Elle aimait les femmes avec ivresse et en changeait à chaque production. Maude admirait enfin quelqu'un. La petite bombe d'énergie proposait aussi un atelier d'écriture aux apprentis dramaturges. Maude se retrouva vite nue et frissonnante sous les lèvres de Noémie. Le professeur lui enseignait tout. L'élève se révélait douée. L'École nationale se situait juste au-dessus du ciel.

Le seul ennui de Maude était un problème d'autodérision. Elle s'estimait ridicule d'être excitée par l'accent français de Noémie, mais il fallait l'admettre : elle aimait les « putain, c'est bon ! Ouiiii, continue ma chérie ! » répétés dans la jolie musique de Molière. Maude reprenait la petite question d'Agnès : *Le moyen de chasser ce qui fait du plaisir ?* Elle s'inscrivait volontiers à *L'École des femmes*.

❨

L'histoire de quelques mois se prolongeait depuis tout ce temps. Noémie n'était rentrée en France que pour mieux revenir à Montréal. Industrieuse et déterminée comme une bonne immigrante, elle avait fondé une compagnie de théâtre expérimental.

Elle s'était imaginé devoir jouer les Pygmalion avec Maude. La culture de la jeune fille l'en dispensait. Sa forte personnalité jetait tout de même de l'ombre sur la plus jeune des filles de Monique. Maude retravaillait trop ses textes. Elle n'aimait pas qu'on les lise et ne voulait pas qu'on les joue. Elle s'en tirait par une pirouette.

— J'écris une œuvre posthume.

Pourtant, elle s'attablait chaque jour. Les feuilles s'empilaient, mais tout ce qu'elle montrait résultait de commandes. Elle n'éprouvait aucune difficulté à discuter d'un scénario de film ou des dialogues d'une télésérie. On ne la remettait jamais en question; on collaborait avec elle.

— Pourquoi n'as-tu pas la même simplicité pour tes œuvres ?

Ce blocage trop prolongé demandait un traitement-choc. Noémie savait trancher dans le vif.

— Tu te casses, voilà. J'suis tannée, câlisse.

Comme Buissonneau, elle avait adopté depuis longtemps les tics de la langue québécoise qui lui plaisaient.

— Ce que je fais de mes textes, c'est pas de tes affaires.

— Bon, d'accord ! Si tes affaires ne sont pas un peu mes affaires, va les faire ailleurs. J'veux pas vivre avec une *looser*.

— Penses-tu que Spinoza était un *looser* parce qu'il avait décidé de ne rien publier de son vivant ?

— J'en ai rien à foutre, de Spinoza. J'en aurais pas voulu pour blonde. Merde ! Si tu veux faire comme lui, va vivre seule dans une chambre de bonne avec tes bouquins. Je l'admire pas, Spinoza. Je préfère Robert Lepage qui joue sa vie sur chaque production. Je t'admire pas, Maude. Tu me navres. Les lâches ne m'excitent pas.

Pour la première fois, les deux femmes faisaient chambre à part.

Pendant la nuit, Maude avait revécu la scène qui avait suivi l'enterrement de sa mère. Cette fois, elle entendait Noémie à travers les murs. Noémie avait mal de l'absence de Maude : les mêmes petits cris inexprimables qu'Olivier. Elle ne pensait jamais à lui. Une décharge de peine s'abattit sur elle.

Un épisode de sa petite enfance remontait : sa première rencontre avec Olivier. Cette terrible angoisse qu'elle ressentait cette nuit la tenait déjà à cette époque. Elle n'avait vu qu'une chose dans l'arrivée d'Olivier : il lui prendrait sa mère.

Sa blonde avait raison : la peur menait sa vie.

❝

Il était encore tôt, mais le vendredi matin, il fallait partir pour l'école. Les filles de Monique ne pouvaient pas quitter la maison sans savoir comment s'était passée la première de leur maman.

Nathalie, quinze ans, Ève, treize, et la petite Maude de six ans savaient bien que Monique se rendormirait dès qu'elles auraient passé le pas de la porte. Elle remettrait le loup sur ses yeux et repartirait dans le sommeil jusqu'à dix heures. Elle répétait un téléthéâtre à Radio-Canada. Le réalisateur Louis-Georges Carrier, sous son air bourru, aimait les acteurs et le théâtre. Il tenait compte de leur horaire sur scène pour monter les siens.

C'était dans la bonne humeur qu'elles entraient dans la chambre maternelle, sans frapper.

Maude s'immobilisa dans le cadre de la porte: sa mère n'était pas seule. Monique embrassait déjà ses deux grandes filles. Réveillé, ne sachant comment agir, Olivier faisait semblant de dormir.

Monique se sentait si bien ce matin. Elle rassurait ses filles: la troupe avait eu droit à cinq rappels. Elle secoua l'épaule d'Olivier pour qu'il le confirme. Bon! Il fallait faire face. Il découvrit son visage camouflé sous le drap. La réaction de Nathalie fut spontanée.

— T'es bien jeune!

Olivier était habitué.

— Excuse-moi!

Ève riait autant que Monique.

Olivier enchaînait.

— Mais je suis pas aussi jeune que j'en ai l'air.

Ève le regardait.

— T'as quel âge? Non, dis-le pas! Attends… vingt-huit!

— Perdu! Trente-cinq.

Nathalie jugea la cause entendue.

— Ah! C'est pas pire.

Olivier, entouré de ces quatre femmes, entrait dans une nouvelle vie.

Maude n'avait pas avancé d'un pas. Monique lui sourit.

— Viens, mon bébé.

— Maman, je suis plus un bébé.

— T'as raison. Tu veux bien m'embrasser, ma grande fille?

Maude, le visage sérieux, marchait vers sa mère.

Monique la tenait dans ses bras en faisant les présentations.

— Nathalie, Ève, Maude, je vous présente Olivier. Olivier Genest. Il travaille au Quat'Sous.

Protégée par le corps de sa mère, Maude le regardait en face pour la première fois.

— T'es comédien ?

— Non, Maude, je suis administrateur.

La réponse soulageait un peu l'enfant. C'était tout de même moins pire. Son père à elle faisait de la télévision. Elle ne le voyait qu'en image.

❨

Tout ça vient de remonter et Maude s'enrage contre elle-même.

— J'ai tout faux, maudite marde !

Elle a toujours refusé l'évidence : elle aime Olivier comme un père. Ça, c'est vrai. Quatre heures du matin rue Cartier, ça donne dix heures sur l'île d'Aix.

❨

Après le coup de téléphone de la moins accessible de ses trois filles, Olivier saute sur Internet et achète au nom de Maude un billet Montréal-Paris pour la semaine suivante. Puis, il recommence pour le TGV Paris-La Rochelle. Elle lui interdit de quitter son île pour venir à Roissy. Elle déteste ces moments d'intimité obligée dans les aéroports et les gares. Olivier consent d'autant plus facilement qu'il partage son malaise.

❨

C'est un Olivier excité et consciemment intimidé qui tire la charrette de Françoise dans la rue Gourgaud, en direction du quai. En passant devant la maison du médecin, il ne peut résister à la tentation de lire, encore une fois, la plaque installée sous celle de Langis Chaudet : Docteur Claire Thiercy.

☾

Comme Olivier rejoint le port, quelques voitures autorisées quittent le bac. Il laisse passer le break de William, chargé de provisions pour Aix Service, et la fourgonnette du restaurant Les Paillottes que Maryse conduit en souriant à tout le monde. Il rejoint Christophe. Le marin lui tend une bonne main déformée par les cordages.

Sur le bac, parmi les abonnés de l'île, les étrangers ne passent pas inaperçus. Un couple dans la soixantaine est accompagné d'un bel homme plus jeune. Le Méditerranéen ne peut pas être leur fils. À la coupe des vêtements, Olivier reconnaît le fric. Il en sent un gros paquet. Que viennent-ils faire ici, hors saison ? La question est vite engloutie. Maude fonce et lui saute au cou. C'est la première fois de leur vie qu'elle lui manifeste de l'affection. Elle est comme sa mère et ne fait pas les choses à moitié. Il la serre dans ses bras et hurlerait de joie en sentant qu'elle ne se cabre pas. Elle s'éloigne juste assez pour le dévisager à son aise. Sa tête d'ahuri bienheureux la ravit. Le rire de Monique monte du ventre de Maude pour éclater sur la pierre mouillée.

☾

— Dis donc, il les aime jeunes, le Québécois !

Christophe vient de glisser la remarque en masquant ses lèvres. Claire acquiesce et regarde ailleurs. Elle avance, bras ouverts, en direction du couple sexagénaire.

☾

À la ressemblance, Olivier sait que ce sont les parents de la Suissesse. Il monte sur le bac avec Maude pour sortir ses quatre valises. La jeune femme n'a pas beaucoup voyagé ; elle est chargée comme une sédentaire. Mais la charrette de Françoise en a vu d'autres ! Maude s'accroche au bras d'Olivier et ouvre enfin la bouche.

— Je suis contente.

— Pas tant que moi.

— Si.

Et elle rit.

— Bon, d'accord ! On est contents tous les deux.

Mais il ne l'est pas autant qu'il le souhaiterait. Elle a un amoureux, cette Claire Thiercy. C'est un sacré beau gosse, ce salaud d'Espagnol !

17

Rue Gourgaud, l'appartement de fonction du médecin n'a pas connu autant de vie depuis fort longtemps. Claire a tout le temps voulu pour recevoir sa famille. Et — ma foi! — ça lui fait davantage plaisir qu'elle ne l'aurait cru.

Entré dans la soixantaine, Thomas Thiercy ne s'habitue toujours pas à sa chance. Plus le sable du temps s'amoncelle, moins il lui pèse. En fait, Thomas est prêt à mourir. Il est libre. Non, il n'a plus de vie sexuelle. Oui, ça lui convient. Il n'en veut plus depuis longtemps à ce pauvre cuisinier, qui est mort d'une surdose de médicaments, le vieil ivrogne. Il lui faut même parfois quelques secondes pour se souvenir de son prénom : Alfred.

Depuis sa plongée dans Terre des Hommes, il rencontre tellement pire. Dans certains pays, les meurtres d'enfants violentés n'attirent même pas l'attention. Le viol est un moindre mal. Cependant, après l'avoir laissée allaiter l'enfant pendant quelques semaines, on enterre la victime, bien vivante, jusqu'au cou… et tout le village se réunit pour lapider la salope.

Thomas a refusé la révolte impuissante. Il agit. Non, il n'a pas vendu tous ses biens pour en donner l'argent aux pauvres. Au contraire, il fait fructifier son capital au maximum, cherche et trouve toutes les tactiques légales pour éviter tout ce qu'il peut d'impôt. Il emploie le fric à développer l'œuvre d'Edmond Kaiser. Le petit Thomas de quatre ans vient l'encourager dans son sommeil. On veut obliger le jeune garçon à caresser le gros pénis. Il ouvre la bouche et mord à pleines dents. Il recrache le bout de viande en répétant : «Poué! Poué!» Puis, il s'essuie la bouche et conclut en bon Vaudois bien élevé : «C'est sale, le zizi.»

Thomas Thiercy n'est pas malheureux. Il ressent la tristesse habituelle, mais il jouit surtout du bonheur de vivre. C'est lui qui a proposé à Madeleine et à Raoul de rendre visite à Claire. Elle ne les a jamais invités. Le deuil de Claire finira-t-il un jour? Il ne sait même pas sur quelle mort sa fille s'attarde. Tout ce qu'il peut imaginer ne réussit qu'à le culpabiliser. Thomas n'a jamais connu à sa fille un amoureux, pas même un soupirant assidu et tenace. Elle donne l'impression de passer au-dessus de sa propre vie en parapente, le Nikon vissé dans l'œil. La plaque de cuivre installée à l'entrée du bureau médical la retient enfin sur terre.

Madeleine ne ressent pas trop d'inquiétude. Elle n'est pas venue sur l'île d'Aix pour se rassurer ; elle rend visite à sa fille pour le plaisir, uniquement pour le plaisir : joie partagée, joie redoublée. Cette femme, investie dans un couple, le sait, le désire, le savoure et l'écrit. Son succès n'est que la conséquence de son audace. L'amour qu'elle reçoit est le juste retour des choses. Qui est l'œuf? Qui est la poule? Madeleine s'en fout. Elle a choisi le coq.

Raoul va bien. Il aime être monsieur Thatcher. Ce ne sont pas les mieux membrés qui sont les plus machos. La phallocratie est la surcompensation de la petite bite : *grosse Corvette, tite quéquette*, quoi! Enfant, Raoul a appris à la piscine l'injustice fondamentale. Mais même si, dans un élan altruiste dont il n'est pas question, il s'en coupait un bout, il ne pourrait pas le coller sur Mussolini. Et lui sait qu'il est beaucoup plus que ça. Il connaît maintenant l'enfance de Thomas; la douleur du mariage raté de Madeleine; l'adolescence trop adulte de Claire; l'enfance d'Ouriel, passée à l'ombre des soutanes. Dans tout ce monde privilégié, au cœur de la ploutocratie genevoise qui fait la cour au succès de Madeleine, il a compris. Le plus riche, c'est lui. Raoul a passé sa jeunesse dans l'amour. Son père, sa mère, le personnel à table pour partager les meilleurs plats, le sommeil sur l'épaule de l'un, la tête sur le ventre d'une autre, la première serveuse qui sent bon l'ail et la sueur, les premiers ongles rouges lui grattant les couilles, la première fournée de pain réussie, la plage ondulante de Barcelone et le cœur chaud de Madeleine: Raoul fait un bien beau voyage sur terre. Il constate que ça ne va pas se gâter sur l'île d'Aix. Lui non plus ne craint pas pour Claire. Sa force l'impressionne, mais ne lui fait pas peur. Il a accusé le choc de l'exposition et simplement conclu qu'elle était bien la fille de ses parents.

Raoul est arrivé avec deux énormes sacs de provisions. Avant même de défaire sa valise, il a investi la cuisine. Il met tout de suite les choses au point: c'est lui qui invite Claire.

En voyant sa mère s'approcher de Raoul pour l'embrasser dans le cou pendant qu'il émince des oignons, elle pense à un autre couple encore davantage marqué par la différence d'âge. Claire qui aime tant voir le bonheur n'en ressent pas en évoquant Olivier et Maude. Une toute petite pensée mesquine vient lui ouvrir les yeux.

— Elle pourrait être sa fille!

Claire n'est pas contente de le découvrir, mais elle ne recule jamais devant la vérité.

— Bon! D'accord! Il m'intéresse, ce mec.

C'est fou! En l'admettant, elle s'en libère.

18

La magie s'installe à Bois Joly. Maude ne peut pas expliquer ce que lui fait cette île, mais elle en est reconnaissante. Elle a loué un vélo. Sylvie, celle-là même qui avait si bien accueilli Claire Thiercy, reprend du service. Elle promène la Québécoise de Jamblet à Tridoux et de la pointe Sainte-Catherine à Coudepont. Olivier l'emmène à Fort Liédot, dont il poursuit le développement depuis la fin de la première Famille en Fête si réussie.

Il faut d'abord s'occuper du Jeannot. Il n'est plus seul. Il a ramené une femme. Il a connu la Martiniquaise aux AA. Aucun des deux n'a quarante ans. Qui sait si le lapin ne portera pas encore mieux son nom dans quelques mois? Elle veut vivre à Fort Liédot, Julie. Il s'agit de lui faire de la place. Jeannot résume son sentiment à Olivier pendant que Julie, en jupe courte, gravit une échelle.

— C'est tout de même mieux que la branlette!

Il a sa pudeur, Jeannot. Pour cacher son émotion, il préfère qu'Olivier le trouve un peu grossier.

Le Québécois rit de l'esquive de son protégé.

— C'est toute une déclaration d'amour, mon Jeannot!

☾

Ce matin, le père Bertrand a invité Maude à la pêche. Elle rentre avec des filets de mulets et un grand sourire. Olivier n'a pas eu droit à ses confidences.

— Je n'ai pas envie de parler. Pour le moment, j'ai surtout besoin de légèreté. Ton île me fait du bien. Elle est surprenante, la Sylvie : pas une seule question sur moi. Elle pourrait aussi bien penser que je suis ta blonde.

— Je crois que c'est ce que tout le monde a conclu.

Le rire de Monique ne serre plus le cœur d'Olivier. Il est content de l'entendre vivre à travers Maude. Olivier s'est refait une vie sur l'île d'Aix. Il croyait avoir enterré l'autre à Montréal. Maude est venue l'aider à réaliser qu'il n'a rien perdu. Ceux qu'il aime l'aimeront toujours et partout. Maude admire la capacité d'Olivier à rebondir. Elle le regarde aller depuis une semaine : il s'est vraiment refait une vie.

Le rituel du soir devient immuable. Ils boivent l'apéro sous la véranda vitrée, face à la mer, avant de se retirer dans la grande pièce où ils se reçoivent à tour de rôle, comme au temps de Monique. Maude comprend que c'est elle qui devra démarrer la machine à confidences. Olivier pourrait la garder pendant un an sans poser la moindre question.

Le huitième jour, ils sont à table quand elle ouvre la marche.

— Tu t'es pas encore fait de blonde ?

Olivier sourit. Il devra parler d'abord s'il veut apprendre quelque chose sur elle.

— Ta mère n'est pas facile à remplacer.

— C'est pas de ça qu'il s'agit !

Olivier la regarde lui servir cette évidence et attend. Il peut bien rester là jusqu'à la fin du monde, elle n'ajoutera rien.

— J'ai rencontré personne.

Maude le scrute un moment. Puis, directe comme sa mère, elle enchaîne.

— Comment tu fais pour la baise?

— Je baise pas.

Olivier voit passer la grande bouche rouge de la Noire de la rue Saint-Denis.

— J'ai jamais aimé baiser pour baiser.

— Où tu ranges ton auréole, le soir, *saint* Olivier?

Ce qu'il dit est faux et il le sait. La vérité, c'est qu'il n'a jamais pu le faire. Il est physiquement incapable de baiser pour baiser. Chaque nouvelle femme doit d'abord le sortir du «trou de la moutonne» dans lequel il est tombé, terrorisé, à treize ans.

— Tu sais, Maude, je suis pas un très bon amant.

— C'est faux!

La réponse a claqué. Maintenant, c'est Olivier qui attend. Il n'aura pas besoin d'épuiser sa réserve de patience. Maude lui raconte ses expéditions nocturnes à la porte de la chambre de sa mère. Elle s'ouvre enfin.

— Penses-tu, Olivier, que c'est facile de se découvrir lesbienne? On es-tu contente d'être une gouine, toi! Je voulais tellement pas. Je les déteste pas, les hommes. Au contraire. Je me demandais pourquoi je n'étais pas excitée comme les autres filles à l'école secondaire. Toutes leurs conversations tournaient autour des garçons. Quand une fille me faisait des confidences, ça me troublait. Mais c'était pas l'idée du garçon qui m'allumait. La proximité de la fille, l'intimité des secrets dévoilés m'asséchaient la gorge. Jamais je n'aurais accepté d'admettre que c'était l'odeur de ma copine qui me touchait. Dire oui à une chose comme ça, c'était me retrouver dans la marge. J'aurais tant voulu être comme les autres. Je dois tout à ma blonde. Noémie était si bien dans sa peau douce de lesbienne. Qu'est-ce qu'on en a à foutre que tu couches avec un homme ou une femme ? La rencontre d'une autre, c'est tout de même tout le temps de l'amour, ostie ! Hon ! Excuse-moi, je sais que t'aimes pas ça quand je sacre.

Olivier sourit.

— C'est vrai. Ça m'a toujours…

— Bon ! Fais-moi pas perdre mon fil, Olivier Genest. Qu'est-ce que je disais ?

Elle boit une gorgée de vin. Olivier attend.

— Ah oui ! À cause de cette différence-là, je crois que j'ai toujours voulu que le monde soit un immense comité d'approbation. J'aimerais écrire une pièce de théâtre qui répondrait à toutes les questions qu'on s'est posées depuis les origines du monde. Tout ça sans prétention, bien entendu.

Elle ponctue par cet éclat de rire qu'Olivier voudrait enregistrer pour le rediffuser en boucle.

— Je suis la voie, la vérité et la vie : prise deux, version féminine. Mais si, au lieu de tenter de donner des réponses, j'essayais de poser une seule bonne question ? une question qu'on reconnaîtrait ? J'aurais peut-être droit à un peu d'aide ? Après tout, je sais bien que c'est à ça que ça me sert, écrire : je cherche mes semblables. Quand on est petit, on répète long-temps ses pourquoi. Mais on se tanne de se faire répondre « parce que » ou, dans le meilleur des cas : « Pourquoi pas ? » On manque de persévérance. Pourquoi je cesse de poser des questions ? Parce que je ne crois plus obtenir de réponses. Je ne parle pas des imbéciles qui croient avoir trouvé. Pourquoi je dis que ce sont des imbéciles ? Pourquoi j'affirme qu'ils n'ont pas trouvé ? Pourquoi je me pose tant de questions ? Pourquoi je refuse de ne plus me poser de questions ? Parce que les questions, ça ouvre ! Tu connais mon amour pour Baruch Spinoza. Tu sais ce qu'il dit, mon Spinoza ? « Penser mieux augmente le degré d'être. » Par exemple : l'idée même de Dieu fait grandir, parce que Dieu ne peut être que grand. La vie y prend un sens plus large, plus profond. Elle intègre la mort, au lieu de l'opposer à la vie. Affirmer que « Dieu est grand » fait donc grandir. Pour les questions, c'est comme pour les affirmations. Plus la question est large, plus le questionneur s'ouvre. Illustration : pourquoi, moi, une femme, j'aime une femme ? On est dans la sexologie et la psychologie. Ensuite : pourquoi, moi, une femme, j'aime ? Puis : pourquoi, moi, femme ? On continue à réduire pour augmenter : pourquoi moi ? Au bout de la phrase, pour ne pas dire « au commencement », en dehors du concept de moi, il reste « pourquoi ». Mais ce n'est pas la fin. Le mot se décompose : pour et quoi ? Finalement, il n'y a plus que « quoi ». Voilà, je suis « quoi ».

Sans l'avoir appris dans un livre, Maude avait redécouvert ce que signifiait aussi le mot Adam : « Quoi ». L'homme est une question. Elle regarde Olivier.

— Tu me suis ?

— Je m'accroche. Je vois l'intelligence qui te descend dans le cœur et le cœur qui te monte à la tête. Ça peut pas être pourri, ce que tu écris.

— Ça veut pas dire que c'est génial.

— Non, ça veut pas dire que c'est génial. *So what* ?

— Je peux pas dire : « Je suis la voie, la vérité et la vie. »

— Non, ce serait du plagiat. Mais je suis une « quoi » de vingt-six ans, c'est pas mal non plus. Surtout quand on sait que, pour la plupart d'entre nous, la croissance a cessé à quatre ans en étouffant le dernier pourquoi.

Silence.

Maude a la bouche pleine.

— Maudit que c'est bon ! Tu fais ça comment ?

— C'est vraiment rien. Tu découpes les poitrines de poulet en cubes, tu les passes dans un peu de farine et davantage de curry, les sautes dans l'huile, déglaces au vin blanc avant de les couvrir de vin. Tu laisses diminuer tranquillement, tu retires du feu — le temps de verser la crème —, retour au feu une couple de minutes, et Madame est servie !

— Miam !

Elle enchaîne.

— Sais-tu ce que Jean Cocteau a découvert ?

— Il en a découvert pas mal !

— Ouais, t'as bien raison. Je parle des fourmis rouges. Il a découvert que plus la colonie se développait en nombre, plus le pourcentage d'homosexualité augmentait : une manière de régulation naturelle des naissances, quoi ! Alors, qu'ils viennent pas m'emmerder avec leur loi naturelle, les bouchés des deux bouts. Ça baise pas, ça suce pas… pis ça voudrait régenter la vie sexuelle des autres.

Elle conclut d'une façon très féminine.

— En tout cas !

La jeune femme soupire.

Olivier se sent si bien quand elle murmure presque pour elle-même.

— Je m'ennuie de ma blonde.

— Moi aussi, je m'ennuie de ma blonde.

Une image folle le déstabilise. Il poussait le bel Espagnol du haut du quai en retenant son souffle pour mieux entendre le « plouf » libérateur.

— Ça doit te faire chier !

Il ne prend pas le temps de réaliser qu'un zeste de mauvaise foi agrémente maintenant sa nostalgie.

— Je suis bien. Je ne peux pas m'imaginer faire l'amour avec une autre femme.

— Un homme ?

— Non, pas davantage. Je pense que la baisse d'hormones m'arrange.

— T'as rencontré aucune femme qui aurait pu t'accrocher ?

— Des belles femmes, il en pleut.

Il espère éluder ainsi la question qu'il refuse d'envisager. Mais si, il y en a une. Il le sait. Elle l'emmerde d'avoir une quinzaine d'années de moins que lui. Depuis une semaine, elle l'agresse de ne pas être libre. Pourquoi une belle femme de près de quarante ans forme-t-elle un couple magnifique avec un superbe Espagnol de son âge ? C'est tout de même indécent, un pareil équilibre. Elle ne pourrait pas aimer un quinquagénaire terrorisé à l'idée de ne pas bander ? Un quinquagénaire qui enchaîne les pompes et les redressements assis pour ralentir le ramollissement de ce qu'il peut encore durcir ?

19

Claire se dit que, dans le fond, sa démarche et celle d'Ouriel ne sont pas très différentes. Il s'est retiré dans un monastère pour servir Dieu et «ses frères» et elle fait retraite sur cette île minuscule dont elle soigne les petits bobos et les gros malaises. C'est fou la quantité d'antidépresseurs qu'elle doit prescrire; elle n'aurait pas cru que tant d'angoisse pouvait tenir sur si peu de terre. Même si elle ne les en aime pas moins, son image idyllique des Aixois s'est dissipée rapidement. Non, ce ne sont pas des héros anti-consommation.

Elle voit bien que les gens ne sont pas méchants: ils ont peur. Ils ne veulent pas mourir et gaspillent leur vie en s'épuisant à la gagner.

Elle commence à comprendre Ouriel. Il faut qu'il y ait quelque chose de plus, une autre dimension, un autrement possible. Son petit frère a choisi la voie mystique. Pour lui, c'est facile: il a la sainteté naturelle.

Pas Claire! Enfin, pas de la même façon! Claire possède la santé naturelle.

Le feu roulant du tourisme est épuisé et Claire n'est même pas crevée. Elle a les poches pleines et puis c'est tout.

L'annonce de la visite de sa famille l'a aidée à ne pas céder à la tentation de se rendre à La Ferté pour voir Ouriel. Elle n'ira pas vers son petit frère avant d'en recevoir une lettre.

Car Ouriel n'a pas donné de nouvelles. Il l'avait prévenue en entrant là-bas qu'il en serait ainsi pour plusieurs mois. Il faut le respecter sans comprendre. Que cherche-t-il donc entre le fromage et le chapelet? Dieu n'a pas fait un monde si beau pour que l'on se mette la tête dans le sable! Oh! Elle se sait de mauvaise foi. Elle connaît cette histoire de l'homme qui, ayant creusé un puits très profond, lève la tête et peut voir les étoiles en plein jour. Cependant, elle se dit qu'il n'avait qu'à attendre la nuit pour obtenir le même résultat, sans effort. Le jour, c'est pour les semblables, tous ceux que l'on voit, que l'on touche, écoute et aime.

Oh oh! Quelque chose ne va plus dans le beau portrait que Claire se fait de sa vie: aimer? Aimer en couple, s'entend? Connais pas! Qu'est-ce que c'est, «aimer»? Pas ce que lui racontent les partenaires déçus de leurs mariages qu'elle reçoit au bureau; pas ces femmes jalouses de leurs filles et ces hommes désappointés par leurs fils; pas ces enfants enragés contre leurs parents et pas ces grands-parents dépassés par leurs petits-enfants.

Claire monologue devant son feu de cheminée, sur son île d'Aix vivant déjà au bonheur hors saison. Madeleine et Raoul dorment. Thomas passe la soirée chez le père Bertrand avec le Québécois de Fort Liédot et sa petite amie. Claire a décliné l'invitation sans s'attarder aux motifs de son agacement quand le vieux maire a conclu la courte liste d'invités par le couple montréalais.

Un peu plus tôt, elle a entendu Raoul et Madeleine faire l'amour sans même penser à la discrétion.

C'est peut-être à cause de ça que les grandes questions sans réponses depuis toujours veulent refaire surface... et aussi une toute petite.

— Depuis quand j'ai pas fait l'amour, moi?

Claire se verse une goutte de porto pour faire passer la réponse.

C'était à Prague, avec un millionnaire américain sexagénaire d'origine tchèque. L'homme, qui vivait au Nebraska, rendait visite à sa très vieille maman. Tout un après-midi, il avait joué au traducteur. Pour la soirée, il avait invité Claire à l'opéra, en s'excusant d'avoir à repasser par la maison pour dîner avec sa maman. Le détail avait plu à la Vaudoise.

Quand, après la représentation, le bel Alan l'avait ramenée à son hôtel, elle s'était offerte en toute simplicité. La pomme était si belle que le magnat des assurances avait rejoué la scène d'Adam.

Claire l'ignorait, mais Alan n'avait jamais trompé sa femme. Après l'amour, il le lui avait dit.

C'était un enfant meurtri, déçu de lui-même, qui était reparti au milieu de la nuit, en s'excusant d'être aussi naïf et vieux jeu.

L'homme avait troublé Claire ; comme s'il la remettait en question. Elle venait de coucher avec un homme de l'âge de son père, certaine de s'accorder un bon moment avec un mâle qui accrochait une petite culotte de plus à son tableau de chasse. Et ce n'était pas du tout ce qui s'était passé.

Claire savait qu'Alan ne pourrait pas cacher la vérité à sa femme. Oh la la ! Que tout ça était nul ! Catho, oui ! On sodomise les enfants de chœur et l'on exige la fidélité conjugale ! Incohérents et obsédés !

Près de deux ans après cette nuit praguoise, Claire sent monter la même indignation en buvant son porto. Ce nonrespect du sexe l'enrage toujours autant : celui des curés, oui. Et ça, c'est le plus facile : un lieu commun, un consensus aisé, une évidence publique, quoi ! Mais elle, Claire Thiercy ?

Ah ! Que ce genre de question l'agace.

Pourtant, cette nuit praguoise avec cet assureur du Nebraska lui ferme les jambes depuis deux ans ; sa prémisse fondamentale démolie. Les hommes mariés ne sont pas sans risques. Elle peut leur faire du mal. Le sexe refuse les seconds rôles. Cette grande vedette exige la tête d'affiche… ou ne joue plus. Son père illustre bien la seconde possibilité et Claire approuve.

La fille de l'enculé frissonne en imaginant Thomas, serviette nouée à la taille, déambulant dans le couloir d'un sauna, en quête d'un jeune étalon poilu. Oui, parfois, il faut passer à autre chose et accepter qu'il soit trop tard. Mais elle ? Pourquoi n'a-t-elle pas droit à la santé de sa mère ? Madeleine s'épanouit avec Raoul. « À l'image de Dieu il le créa ; mâle et femelle il les créa. » Dieu, ce serait ça ? Un homme qui passe dans une femme, une femme qui passe dans un homme pour créer un être androgyne ? Et, pour cela, être d'abord entièrement femme ! Et ouverte !

Longtemps, elle s'est amusée à penser qu'elle avait une sexualité masculine : elle additionnait les conquêtes et prenait son plaisir sans négliger le partenaire mâle. Elle rigolait là-dessus : « On peut être un homme sans devenir un goujat ! »

Cet Alan de Prague l'avait drôlement sonnée ! Plus moyen de baiser !

Mais que lui arrive-t-il ce soir ? Le spleen d'automne ? Cet agacement qu'elle a ressenti en voyant la jeune femme se précipiter en riant dans les bras d'Olivier Genest fait remonter une vieille peine. Jamais plus elle n'aurait pu se lancer du haut de l'escalier dans les bras de son père, après le terrible aveu de Thomas. Les seuls bras en qui elle avait encore confiance, c'étaient les siens. Ils avaient fermement tenu Ouriel. Ils s'étaient solidement accrochés à ces corps d'hommes qu'elle s'offrait. Puis, Ouriel s'en était échappé et Alan lui avait glissé entre les doigts pour s'enfoncer dans la nuit tchèque avec une peine trop jeune pour son vieux cœur.

☾

Claire a trouvé sa place sur l'île d'Aix. Elle le sent dans toutes ses fibres. Elle fera du bien à ces gens. Mais elle ne se prend pas pour mère Teresa. La petite Albanaise de Calcutta ne lui plaisait pas. Elle la trouvait sèche. Le couple qu'elle formait avec le pape polonais la mettait mal à l'aise. Elle les sentait en représentation, incapables d'intimité profonde, prosélytes et dogmatiques, prompts à la condamnation et tristes sermonneurs. Ce ne pouvait pas être ça, l'amour de Dieu : ce couple sans enfant, ensoutané, exigeant l'obéissance au nom de la liberté.

Oh ! Claire sait bien qu'elle est injuste, qu'on pourrait reprendre tout ça autrement. Elle n'a pas envie de le faire. C'est une sorte d'allergie qui l'en empêche. Ces soutanes la hérissent. Ce besoin de revêtir un uniforme la choque. Comment son petit Ouriel a-t-il pu tomber là-dedans ? Ça sent la secte : « Hors de l'Église, point de salut » ! Faut être culotté ! Qu'est-ce qu'elle est contente de ne pas avoir vécu sous la férule des curés ! Sa génération a été épargnée. Plus personne ne met les pieds dans une église ou dans un temple. Enfin ! Personne… Elle exagère ! Ils étaient une cinquantaine le dimanche matin à la cathédrale du temps où elle se tapait le *bon pasteur*. Elle n'avait pas d'affaire là, bien sûr. Elle aurait dû fréquenter l'église du Valentin ; pas moyen : ils la tuaient d'ennui ! Ah ! Ces pauvres curés ! Si enfermés dans leur doctrine ! C'est Hemingway qui disait : « Pour devenir fanatique, il faut être sûr d'avoir raison, et rien ne vous donne plus cette certitude, ce sentiment d'avoir raison, que la continence. La continence est l'ennemie de l'hérésie. »

Des années plus tard, bien après la fin de leur liaison, elle fréquentait toujours le Thurgovien de la cathédrale. Il partageait avec la jeune femme les résultats de ses recherches. Claire croyait qu'il voulait justifier le mariage des pasteurs. Maintenant, elle en est moins certaine. Il s'agit peut-être de quelque chose de beaucoup plus important.

La conversion de saint Augustin et le bonheur qu'il exprimait en parlant de son célibat et de sa chasteté illustraient bien la pertinence des propos d'Ernest Hemingway.

Le problème, c'était qu'Hemingway finirait par se suicider et que saint Augustin mourrait en odeur de sainteté. «Mais c'est encore une autre histoire», aurait sans doute dit le père Bertrand.

En pensant au vieux maire, Claire sourit. Au même moment, il doit poursuivre son numéro de charme auprès de Thomas et de la petite amie du Québécois. Claire perd son sourire et replonge dans les réflexions que lui avait transmises le pasteur.

L'homme s'enthousiasmait.

— C'est à Marie de Magdala que Jésus ressuscité est d'abord apparu; c'est elle qui va dire aux disciples: «J'ai vu le Seigneur et voici ce qu'il m'a dit.» C'est dans l'Évangile de Jean. Mais que leur transmet Marie? Motus! On ne le sait pas. Jean n'en rapporte rien.

Pas un des quatre évangiles n'en parlait! Pendant des siècles, l'information fut perdue. Oui, on savait que d'autres récits de la vie de Jésus existaient aux premiers siècles, mais ils avaient disparu... sauf une copie! Un moine, un scribe, un marginal courageux s'était risqué à déposer ce témoignage dans une grotte. Il ne savait pas que son trésor ne referait surface qu'au milieu du vingtième siècle. Nous avons découvert en même temps l'Évangile de Thomas, celui de Philippe, les manuscrits de Qumram et l'Évangile de Marie. Oui, un évangile au féminin! Et là se trouve la réponse: ce que Jésus a dit.

Le pasteur avait pris une traduction de l'Évangile de Marie commenté par Jean-Yves Leloup.

— Écoute: «Veillez à ce que personne ne vous égare en vous disant: "Le voici, Le voilà." Car c'est à l'intérieur de vous qu'est le fils de l'homme. Il nous appelle à devenir *Anthropos*.»

Le pasteur regarda Claire.

— *Anthropos*, pleinement humain, entier, ayant intégré ses pôles masculin et féminin, *Anthropos*, c'est toi ou moi, entré en relation. L'homme se tend vers la femme. Elle s'ouvre et tend ainsi vers lui. Ils s'unissent. Oui, ça peut faire un bébé. Mais c'est une conséquence. Leur union a une existence propre. Le couple est un être trinitaire, formé des deux et de ce qui les unit. Cet être entier, trinitaire, c'est ce que l'on appelle *Anthropos*. Il s'agit de nous conformer ainsi à ce que nous sommes fondamentalement: homme et femme, tout à la fois, deux êtres formant une seule chair. C'est dans ce sens que l'on peut dire «ce que Dieu a uni, que l'homme ne le sépare pas». Le paradoxe, dans un couple, c'est qu'il y a toi, moi et aussi nous. Et ce nous a une existence réelle. Tu sais, on dit parfois: «Ces deux-là s'aiment tellement que quand ils se regardent, on pourrait saisir dans sa main ce qui passe entre leurs yeux.» Ah! Ça peut être très profond, l'union conjugale. Ceux qui la réduisent à l'accouplement se coupent les ailes. Partout, actuellement, on discute des mariages gays. Je ne saisis pas pourquoi les dirigeants de l'Église catholique se mobilisent pour empêcher que cette union s'appelle mariage. Je ne dis pas qu'ils ont tort ou raison sur le fond; simplement qu'ils n'en sont qu'à réagir. Ils auraient intérêt à mettre de l'avant leur propre vision. Pourquoi ne pas simplement redire ce qu'est le mariage chrétien ? Si j'enviais une chose aux catholiques, ce serait leur sacrement du mariage. Les époux eux-mêmes en sont les ministres. Pour eux, le mariage a lieu à l'église et c'est un sacrement par lequel deux chairs s'unissent pour n'en former *trinitairement* plus qu'une, à l'image de Dieu. C'est sacré, quoi ! Le reste, ce n'est qu'une querelle de mots. Et les mots...

Le pasteur se coupa lui-même la parole et reprit sa lecture.

— Marie leur dit : « Ce qui ne vous a pas été donné d'entendre, je vais vous l'annoncer : j'ai eu une vision de l'Enseigneur et je lui ai dit : "Seigneur, je te vois aujourd'hui dans cette apparition." Il lui répondit : "Bienheureuse, toi qui ne te troubles pas à ma vue. Là où est le *nous*, là est le trésor."»

— Ho là ! Tu viens de me perdre : le *nous*? Le trésor, il est pas dans le cœur?

— Non ! Le trésor, c'est le cœur lui-même. Oui, je sais, ça repousse la question : Qu'est-ce que le cœur ? En quoi cela est-il un trésor ? Qu'y a-t-il de si riche ? Qu'est-ce que la richesse ?

Jésus avait dit au jeune homme riche : « Va, vends tous tes biens, donne l'argent aux pauvres... et tu auras un trésor dans le Ciel. » Le trésor « dans le Ciel », ce serait quoi ? D'abord, qu'est-ce que c'est que « le Ciel » ? Non, le Ciel n'est pas au-dessus de la terre. C'est la terre qui est, non pas dans le ciel, mais qui est une composante même du ciel.

C'est la même chose pour nous. L'homme est portion de ciel : nous sommes des corps célestes.

Le secret, c'est que le fils de l'homme est à découvrir. Le *nous*, c'est moi ! Cet élan en moi qu'on appelle l'amour. C'est pourquoi Jésus conclut l'invitation au jeune homme riche par : « Viens et suis-moi. » Ça ne veut pas dire : « Rentre dans le rang, obéis à ma règle, remets-moi ta volonté et ne murmure pas si je suis exigeant. » Ça signifie : « Viens dans mes bras. Viens danser ! Tu ne sais pas ? Ça ne fait rien, laisse-toi porter par la musique. Regarde ! Je danse. Tu veux danser ? On danse si bien, à deux. Viens, suis-moi. »

❦

Dans la cheminée du docteur Claire Thiercy, rue Gourgaud, sur l'île d'Aix, il ne reste que quelques braises.

La Vaudoise se lève, y dépose une bûche bien sèche, prend un CD et l'introduit dans le lecteur. Une valse de Strauss transforme le salon en salle de bal.

Le feu danse dans l'âtre.

Claire ouvre les bras à Thomas qui rentre sous la pluie.

❦

Elle tournait, tournait, tournait.

Sans trop savoir pourquoi, Thomas pleurait aussi.

20

En se réveillant dans la chambre d'amis d'Olivier, Maude sourit. Qu'est-ce qu'elle a bien dormi : dix heures !

Ce privilège de la jeunesse, ce si bon sommeil font sourire Françoise qui travaille déjà au jardin depuis l'aurore.

Maude est sortie de la véranda en s'étirant.

— Vous devez me trouver bien paresseuse !

Françoise rit doucement.

— Vous ne savez pas à quel point je vous envie. À vingt ans, on n'est pas conscient de la richesse d'une bonne nuit de profond sommeil. Huit heures à dormir sans interruption, je ne sais même plus ce que ça veut dire. Je trouve que vous avez de la chance.

Maude rentre dans la cuisine avec son jus d'orange.

Olivier est à Fort Liédot depuis un bon moment. Elle saute sur son vélo et file jusqu'à la pointe de Saint-Eulard. Sans le savoir, elle refait le circuit de Claire… qui imitait inconsciemment tous les Aixois valides.

Allongée sur le grand banc, la jeune femme constate la transformation en elle.

Maude ne comprend pas : tout devient simple. Pourquoi ne pas profiter de son talent d'écrivain pour entrer en contact avec les autres ? De quoi a-t-elle peur ? Certains aimeront, d'autres pas. Elle écrit du théâtre ; c'est fait pour être joué ! Elle se refuse le plaisir de voir vivre ses personnages. Les comédiens enrichissent tellement les textes! Qu'est-ce qui fait qu'en une petite semaine elle a changé de point de vue? Oui, le dépaysement y est pour quelque chose, mais tout de même, ce n'est pas le bout du monde, l'île d'Aix! Pourquoi Spinoza refusa-t-il de publier ses écrits après le *Tractatus theologico-politicus*? Parce qu'on avait attaqué son œuvre! Oui, à chaque nouvelle pièce, il y aurait au moins une mauvaise critique. Ça lui ferait mal, c'est sûr. On ne la comprendrait pas. On jugerait ses intentions. La sous-psychologie décoderait son homosexualité, l'absence de son père, la si forte personnalité de sa comédienne de mère : tout, sauf ce dont elle parlerait.

Ah! Comme elle comprenait Spinoza. Mais elle ne passerait pas sa vie à polir des verres d'optique en grattant du papier dans une mansarde. Non, elle ne vivrait pas en rédigeant des séquences d'auto promotion pour Télé-Québec afin de pouvoir passer ses nuits sur une œuvre incomprise *de facto*.

Maude va écrire ici, sur l'île d'Aix. Maintenant. Elle ne remontera pas à bord de ce bac sans une pièce de théâtre dans son ordinateur.

Déterminée, elle se relève et fonce vers le bourg. Elle entre à la poste, achète une carte d'appel, retourne sur la place et, dans la cabine téléphonique, elle joint Noémie à Montréal pour lui annoncer sa décision. Puis, elle arrive à Aix Service.

William l'accueille dans toute sa bonne humeur quotidienne.

— Dites donc, la Canadienne…

Elle le coupe en riant.

— Québécoise!

— Pardon! Alors, la Québécoise! C'est votre enfance au sirop d'érable qui vous donne cet air de conquérante, ce matin?

Maude répond par un grand éclat de rire.

❨

La jeune dramaturge passe le reste de l'avant-midi dans les chaudrons.

Une salade endives et noix, dans l'huile de noix, des escalopes de veau à la milanaise avec des spaghettis à l'huile, ail et persil… plus le bordeaux du Jean-Paul, toujours. Olivier se régale. Le midi, quand il est seul, ce n'est pas toujours aussi copieux. Quand, au désert, Maude sort une demi-bouteille de champagne du frigo, il ne se retient plus.

— Dis donc, tu veux me saouler.

— Pas tout à fait : j'essaie de t'acheter.

❨

Quand elle a annoncé à Olivier son intention de s'installer pour un mois ou deux, il s'est étonné de sa propre réaction : il était ravi. Lui qui cherchait tant à dégager son espace vital a maintenant plaisir à partager les repas, la véranda vitrée, la salle de bain, et ce moment si précieux qui précède l'entrée dans la nuit. Le deuil de Monique est fait ; c'est sa fille qui est venue lui ouvrir les yeux. Ils s'organisent, discutent d'horaire et Maude propose les règles qui lui conviendraient. Elle écrit de six heures à midi. Jusqu'à ce qu'elle termine sa séance quotidienne, ils ne s'adresseront pas la parole, ils ne se regarderont même pas. Chaque jour, elle a besoin, dans la solitude, de recommencer le monde. Olivier adore. Non, il n'écoutera pas la radio le matin ; elle l'aura, son silence. Il lui laissera des croissants sur la table, c'est tout. Non, il ne lui boira pas son café. Il fera le sien propre. Oui, il va revenir manger avec elle à treize heures. Et comment donc ! Non, il ne s'informera pas sur ce qu'elle écrit. Olivier repense à Monique qui détestait qu'on la fasse parler de son personnage pendant les semaines de répétitions.

Olivier ne s'habitue pas au bonheur de plonger dans l'odeur de parfum qui lui saute dans les bras quand il revient de Fort Liédot. Là-bas, le père Bertrand se fait discret, mais il voit ce qu'il voit : son Québécois est amoureux. Chaque matin, Jean-Paul et Sylvie le regardent quitter Aix Service avec pain et croissants. Il passe dire bonjour, caresse les chiens et repart en sifflant. Ils ne voient pas le coup d'œil jeté sur la plaque de cuivre, en face.

❨

Quand Jean-Paul et Sylvie invitent Olivier et Maude à dîner, ils apprennent qu'elle écrit une pièce de théâtre. Elle se couche trop tôt pour sortir le soir.

— Alors, amène-toi solo. J'ai invité les marins.

Jean-Paul et Sylvie sont des natures conviviales. Leur table ne désemplit pas.

Les huîtres, les plages, la Maison de l'Empereur, le Musée africain, les fortifications, La Famille en Fête de Fort Liédot et la grande salle à manger des Bordelais garnissent le coffre aux trésors de l'île d'Aix.

Olivier accepte avec plaisir. Il adore le couple et aime bien les marins. Il a percé depuis longtemps leur carapace. Il connaît les amours d'Alban. C'est un des hommes les plus intelligents qu'il ait rencontré. Alban se voue exclusivement à sa trinité féminine : sa femme, sa fille et la mer. Olivier aime l'inquiétude de Christophe. Entre deux amours, il a dû choisir. Il quittera le bateau à la fin de la saison. Sa femme est trop malade. Il va tout faire pour la tirer du lit. Ils vont s'offrir un tour de France en camping-car. Elle en rêve depuis vingt ans. À chaque congé, il améliore le confort du véhicule. Ce sont les seuls moments où Ghislaine quitte la chambre. On la dit neurasthénique, dépressive, hypocondriaque. Christophe sait qu'elle n'est que mélancolique : elle a besoin de lui. Il va lui redonner goût à la vie. Noël éclate de santé. C'est le seul qui sache tout sur tous. Non, il n'est ni curieux ni fouineur : on se confie à lui. Chacun sait qu'il sait tout et tous savent qu'il ne dira rien.

❧

Ils sont à table, malgré le couvert dressé devant une chaise vide.

— Vous aviez oublié que Maude ne venait pas ?

— Non, c'est pour le docteur qui termine ses visites.

Olivier se réjouit déjà de la présence de Langis Chaudet.

❧

Le vieil Aixois peut encore attraper une anguille à mains nues. Pendant les grandes marées, il revient à vélo de petits coins connus de lui seul. Son panier déborde de coquilles Saint-Jacques deux fois plus grosses que celles d'Olivier. Il tend une main rouge et puissante et rit pour accompagner en musique les feux de Bengale qui brillent dans ses yeux. Il ne parle surtout pas de sa pêche.

Olivier québécise en silence.

— Vieux ratoureux !

Il parle au médecin de l'humidité qui réveille un peu d'arthrose.

— Préparez-vous, Olivier. À partir de soixante ans, quand on n'a mal nulle part au saut du lit, c'est qu'on est mort.

☾

Oui, ce dîner entre hommes dans les sauces de Sylvie lui plaît.

— Tiens! V'là le docteur.

Jean-Paul s'est levé et marche vers la porte. Olivier lève la tête et rattrape juste à temps sa mâchoire inférieure qui allait tomber dans son assiette. C'est Claire Thiercy.

Elle a déjà noté l'absence de Maude et la place libre en face d'Olivier.

Tout comme quand, à dix-neuf ans, elle était entrée au gymnase après trois ans d'absence en fonçant sur ces adolescents qui lui faisaient peur, elle s'avance en riant.

— Je me suis dit que ça manquait d'hommes, cette bouffe!

Noël se sent dans un film américain. Il voit les malentendus : pour Raoul et Madeleine, pour Maude et Olivier. Pour Claire et Olivier, c'est l'heure qu'il savait inévitable. Il bénit Neptune et Cupidon d'assister à ça. Ils vont rester face à face, inconscients de l'équivoque : elle pense qu'il est avec Maude, et Olivier croit qu'elle dort avec Raoul.

Il y a de l'humour dans l'air. Le repas est un feu d'artifice. À travers les pires grossièretés et les plus fins traits d'esprit, Olivier apprend ce qu'il sait déjà : les invités de Claire sont repartis. Il s'agissait bien de ses parents. Au sujet du beau brun, les questions sont inutiles.

Il a laissé sa petite amie à la maison : c'est bien de ne pas coucher les enfants trop tard. Elle est très à l'aise. Elle insiste à peine lourdement sur l'humour de caserne. Mais même quand elle dévisage Olivier, après une dose d'épice pour adulte, il rit de bon cœur.

Oui, c'est bien qu'elle ait un homme dans sa vie. Il peut copiner avec elle. C'est tout de même con, tout ce temps qu'il a gaspillé à l'éviter depuis… il ne sait plus quand. Ils ont quoi ? Plus de quinze ans de différence ? C'est beaucoup ! Pas trop, tout de même. Mais qu'est-ce qu'il ferait d'une femme si jeune ?

Pendant que les rires montent et que le bordeaux descend, Noël jubile. Il les entend penser tous les deux. Qu'est-ce qu'il faut être absent pour ne pas savoir ce qui se dit dans la tête des autres ! Noël n'est pas discret par vertu ; il cultive le secret par hédonisme.

Les autres ne voient rien. Ils passent une excellente soirée.

Mais pour les hommes du *Pierre Loti*, la mise en route est à six heures. Si on veut en dormir cinq, il faut y aller.

☾

Après le départ des marins, la qualité de l'air change. Claire en profite pour enfoncer une porte ouverte.

— Vous êtes venu seul ?

— Non, mon ange gardien m'accompagne.

Elle s'arracherait la tête d'avoir bu ce verre de marc. Elle entend claquer ses gros sabots dans l'étable.

— Si votre invitée est malade, je vous rappelle que j'ai fait le serment d'Hippocrate.

— Merci, Maude va très bien. Elle écrit du théâtre et se lève avant le soleil. La discipline des artistes me surprendra toute ma vie. Comment des êtres si apparemment bordéliques peuvent-ils être, au fond, si organisés ?

Jean-Paul s'amuse ferme.

— Alors, tu vois, nous, c'est le contraire. À chaque dégustation de la confrérie, j'entends déconner mon ancien voisin et je me demande comment un mec si apparemment organisé peut être, au fond, si bordélique.

— Ah! C'est pas pareil. Tu es toi-même vigneron; donc juge et partie. Alors, c'est une sorte de conflit… ou de confusion, peut-être? Ouais! Remarque! Je peux pas être objectif non plus en parlant de ma fille.

— Oh! Nom de Dieu de bordel de merde!

Jean-Paul se fend la poire pendant que Sylvie interprète le thermomètre qui va jouer au geyser.

— T'entends ça, maman?

Sylvie couine de plus belle avant de réussir à aligner six mots, pas plus.

— Maude, c'est pas ta petite…

— Hey! Ça va pas? Elle a pas vingt-six ans! Bon! Ça existe, mais c'est pas dans les habitudes de la maison. Depuis dix jours, vous croyez que…

— Ben oui. Qu'est-ce que tu voulais qu'on pense?

— Et vous n'avez pas demandé?

— Ben non!

— Pourquoi tu ne m'as pas demandé, Jean-Paul?

— Pourquoi je t'aurais demandé, Olivier?

Une qui s'aime de ne pas desserrer les lèvres, c'est Claire Thiercy. Elle roule la nouvelle dans sa bouche: le parfum, la robe, la longueur, le tanin…

Jean-Paul la prend à témoin.

— Toi, Claire, tu pensais aussi que c'était sa petite amie?

— Bien… oui!

Ils n'auront pas un mot de plus. Tout comme les marins, sa belle aisance vient d'aller se coucher. Ils sont quatre à table : deux hommes et deux femmes. Il est seul. Il est libre. Il est célibataire. Il est disponible. Claire égrène le chapelet des clichés et radote la même évidence, sous toutes les formes les plus simplistes.

— Ben tiens !

Jean-Paul a conclu en servant la goutte.

Sylvie se lève et remet les fromages au frigo. Sur une île, les provisions sont précieuses. Claire a voulu l'aider. Pas question. Sylvie a une façon très personnelle d'affirmer son féminisme. À la cuisine, elle refuse autant l'aide des femmes que celle des hommes. Entre Jean-Paul et elle, la division des tâches est immuable. Il va à la chasse. Elle cuit la bête.

En revenant dans la grande salle, Sylvie a pris une décision : elle s'offrira le luxe de commettre une indiscrétion. Ils sont vraiment trop bêtes, tous les deux. Ce qui circule entre Olivier et Claire, elle pourrait le saisir dans sa main. Le courant est palpable. Sa voisine d'en face lui dit tout… sauf ça. Elle sait pour Thomas, pour Ouriel, pour Madeleine et Raoul. Ce grand dadais d'Olivier pense la même chose que Jean-Paul : Raoul est l'amoureux de Claire. Non, son mari ne sait rien. Elle interrompt Olivier qui joue au somnifère en dévoilant consciencieusement et méticuleusement la grandeur, la longueur et la profondeur de son admiration pour la discipline de Maude.

— Puisqu'on parle famille, ils sont vraiment bien tes parents, Claire.

Elle sourit et acquiesce juste un peu trop. Cette saloperie de rougeur lui fait regretter que la burqa ne soit pas d'usage courant en Occident. Non, mais ! Passé la mi-trentaine, le sang lui saute encore au visage, comme à une adolescente. La maturité tarde ! Les Vaudois sont lents, soit. « Y a pas le feu au lac ! », très bien. « On arrivera tous ensemble au Nouvel An ! », oui, oui. Mais enfin! Comment se fait-il que la science n'ait pas encore trouvé le moyen de contrôler le flux sanguin? Et pourquoi Sylvie la met-elle sur la sellette?

Jean-Paul débarque avec ses grands pieds. Sylvie sourit de le voir si prévisible.

— Ton père, il est vraiment bien. Tu lui ressembles beaucoup. Ta mère est choyée comme une reine. Même que ton ami m'a tout l'air de savoir s'y prendre avec les belles-mères. Il est galant comme un amoureux.

Claire rit jaune.

— Bien sûr! C'est son amoureux!

Elle a échappé ça; c'est l'agacement qui l'a fait parler. Son malaise se répand.

Olivier regrette de ne pas avoir respiré avant. Maintenant, ses poumons refusent d'obéir. Il parvient à s'arracher quelques mots.

— C'est bien indiscret, tout ça.

Olivier a voulu aider Claire. Il a l'impression qu'elle est nue sur la table. Il n'aime pas non plus qu'on parle de ce qui le concerne. Jean-Paul est moins compliqué.

— Elle était pas évidente, celle-là.

Les deux hommes sont un peu dépassés. Ils ne comprennent pas Thomas. Il n'a pourtant pas une tête de cocu content.

Mais Olivier ne s'attarde pas sur le trio. Il cherche à sauver la face. C'est déjà beaucoup. Il fixe encore une fois le collier de perles sur le pull noir de Claire. Les cheveux blonds l'effleurent quand elle bouge. Puis, il rencontre le regard de Claire. Une énergie extraordinaire l'investit. Au fond des yeux bleus, il se voit allongé sur un lit. Un homme pointe un crucifix sur son cœur. Il est là, regardant ses pieds qui se transforment en passant de la couleur au noir et blanc, comme si on soulevait une toile qui masquait la réalité. Il porte maintenant des tennis d'enfant; ce sont ses pieds à l'âge de onze ans. Il pénètre dans le noir et blanc. Entièrement. Témoin, il dit: «Oui, il y a longtemps que je veux savoir ce qui s'est passé.» C'est lui, ce petit garçon qui porte un T-shirt rayé à l'horizontale. Il est frappé par la jeune force qui se dégage des bonnes épaules et des bras déjà solides. Il se trouve beau et ne comprend pas pourquoi il ne s'est jamais aimé. Le garçon marche, cherche, se retourne et ne dit qu'un seul mot: «Maman?» Oui, toute sa vie, Olivier s'est ennuyé de sa maman. Mireille? Monique? Oui, Olivier est un enfant blessé. Mais Olivier n'est pas pour autant un homme mort. L'information poursuit sa route. Il se rappelle sa surprise quand, dans la Genèse, il avait lu le récit de la rencontre d'Isaac et de Rebecca: «Isaac introduisit Rebecca dans la tente de sa mère Sara: il la prit et elle devint sa femme et il l'aima. Et Isaac se consola de la perte de sa mère.» Tant qu'Olivier n'aurait pas reconnu qu'il cherche sa maman de toute la force de son inquiétude, il n'y aurait, dans son cœur, de place pour aucune autre femme.

À table, Claire est immobile.

Au fond des yeux d'Olivier, un homme marche sur les eaux et passe au milieu des requins qui protègent son île, sans que ceux-ci l'attaquent. L'homme touche terre en posant le pied sur le sable blond. Il s'avance vers elle en ouvrant les bras. Claire va aussi vers lui. Ils s'étreignent lentement. L'homme dit: «Je t'aime.» Claire dit: «Je t'aime.» Son cœur irradie et lui dégage la gorge.

Olivier boit un peu d'air et se remplit de joie. Le cœur s'ébranle et le courage monte enfin. Le chevalier relève sa visière et enlève son heaume. Il ouvre les yeux dans l'éther et passe en Claire qui le pénètre en même temps.

Même Jean-Paul comprend ce qui se passe. Il sourit à
Sylvie qui se sent un peu étrangère dans sa propre maison.

D'une voix enrouée, elle murmure.

— Bien, mes enfants! Je ne vous chasse pas, mais la petite
Sylvie va se coucher. Elle a dépassé son heure depuis longtemps.

Elle veut remettre du bois sur le feu pour leur confirmer
qu'ils peuvent rester là toute la nuit. Olivier l'interrompt.

— Non, non, Sylvie.

Et Claire d'enchaîner.

— Il est deux heures, ça suffit.

En parlant, ils n'ont pas rompu le charme. Ils peuvent
même se lever, faire la bise à leurs hôtes et les quitter sans que
la magie ne s'altère.

Cette fois, Claire ne se sauvera pas. Au CHUV, elle ignorait la richesse et la rareté de ce qu'elle ressentait pour Charles
Petit, le si gentil Bourguignon. Maintenant, elle sait et elle
veut.

En refermant la porte, Olivier lui propose de marcher
jusqu'au bout du quai.

Sur la mer, la demi-lune appelle sa moitié qui joue dans
l'eau.

21

Un peu avant six heures, Noël précède les marins pour démarrer les moteurs du bac. Il découvre deux vieux adolescents endormis sur le banc, face au grand feu rouge qui danse sur les eaux. On reconnaît qu'un homme est généreux quand le bonheur des autres le rend heureux. La journée de Noël sera magnifique. Il passe devant eux le plus discrètement possible, mais le grincement de la porte métallique du navire vaut le cocorico le plus puissant du monde.

Claire ouvre les yeux sans éloigner la tête de l'épaule d'Olivier. Il la serre un peu plus contre lui. Noël sourit.

— Vous ne risquez pas de manquer le bateau.

Il disparaît en sifflotant.

Olivier murmure.

— Mon royaume pour un café!

Dans le même souffle, Claire enchaîne.

— Vendu! C'est chez moi le plus près.

Ils se lèvent et s'éloignent, collés l'un à l'autre. Ils ne cèdent pas un millimètre au petit vent froid que refoule le soleil en sortant de sa cabane, à Fouras.

☾

C'est la première fois qu'Olivier s'assoit dans la cuisine de Claire.

— J'ai plus l'âge des nuits blanches sur les bancs publics. Je me sens vieux comme si j'avais cinquante-cinq ans !

— Oh la la !

— T'aurais dû faire gériatrie.

— Tu dis ça pour m'exciter !

Olivier parle, parle, parle. Il se multiplie. Le feu d'artifice amuse Claire. Il l'inquiète aussi. Olivier cache un malaise. Elle se dit qu'il gère mal l'intimité. Elle le quitte un moment.

Seul devant son bol, Olivier écoute le sable retomber dans ses oreilles. Les fantômes se dressent sur le liquide noir. Il a peur. Il fallait donc l'arrivée d'une femme pour que sa vieille peine d'enfant ait le courage de montrer le bout du nez ? Il avait pourtant bel et bien démissionné, boulevard de Sébastopol, merde ! Mal aimé par sa fausse maman, avec des bras trop maigres et un ventre un peu mou, sa cause était entendue : déclaré impuissant et qu'on n'en parle plus. Le voici qui rempile pour la catastrophe. Il oserait presque prier Monique.

Il ne voit pas Claire, immobilisée dans le cadre de la porte.

Il lui rappelle Ouriel rentrant de Saint-Maurice pour les week-ends. En secret, son petit frère partageait sa solitude avec les vapeurs de chocolat chaud. Elle avait respecté son silence et il s'était enfoncé pour disparaître dans le cloître de La Ferté.

Ça ne se reproduirait plus. Olivier ne la quitterait pas ce matin, dans cet état. Elle ne le laisserait pas davantage s'étourdir de paroles. Claire se retire et va vers le lit. Elle se dévêt et, nue entre les draps, elle appelle.

— J'ai froid ! On caille ! À l'aide !

Olivier marche courageusement vers la guillotine. C'est bien ça : elle l'attend dans le lit. Le pitou piteux la fait rire.

— Je vais pas te manger !

— Dommage !

Mais ce n'est pas vraiment drôle.

— Allez ! Viens te coucher.

— Je peux pas.

— Tu veux dire que tu dors debout, comme les chevaux ?

Il ne rit pas et s'assoit sur le lit.

Claire a encore plus froid : « Oh ! Merde ! La prise de tête ! Il a menti, ce n'est pas sa fille. Non, ce n'est pas possible, je dérape. Il a le sida. Voilà. Ça explique qu'on ne lui ait vu personne depuis qu'on le connaît. »

— T'es malade, Olivier ?

— Si on veut.

— Mais je ne veux rien, moi ! Si ! Enfin, merde ! Qu'est-ce qui va pas ?

— Je peux pas, c'est tout.

— Tu peux pas quoi ?

Il a trois ans. Il s'agrippe à la cuvette sans lunette pour ne pas être aspiré par le tourbillon de la chasse d'eau. Il va disparaître avec son caca. Il laisse tomber la tête sur la couette, épuisé. Il remet une autre fois sa démission.

— Je peux plus faire l'amour. Depuis Monique, j'y arrive plus.

S'il croit impressionner Claire, il n'est pas au bout de ses surprises. D'entrée, elle le déstabilise.

— On va jouer au docteur, d'accord ?

— Pardon ?

— Je suis le docteur, tu es le patient.

— Claire !

— Docteur Claire !

Mon Dieu qu'elle est généreuse! Pas un instant, elle n'a pensé qu'il n'avait pas envie d'elle, qu'elle n'était pas assez bien, pas assez belle, pas assez sexy, trop ci et trop ça. Non, elle veut comprendre ce qu'il a, lui.

— D'abord, confirme au docteur que tu aimerais bien lui faire l'amour ou peut-être même tout simplement la baiser.

Le ton de Claire est si vrai qu'Olivier embarque dans le jeu avec une lueur d'espoir.

Il arrive presque à sourire.

— Oui, docteur. J'aimerais faire les deux, au minimum.

— Voilà qui est net. Passons à la physiologie. Le patient perçoit-il parfois un gonflement involontaire de l'appendice incriminé?

En haussant les épaules, sans la regarder, il soupire en faisant «oui».

Elle se redresse dans le lit et le prend par les épaules.

Il tourne enfin les yeux vers elle. Les deux beaux seins ronds le regardent en pleine face.

Claire n'est pas une femme compliquée. Pourquoi *chercher midi à quatorze heures* quand il y a une solution toute simple à un problème qui semble majeur? De plus, elle est médecin et en a les réflexes: un bobo, une pilule. Elle y va de sa proposition.

— Olivier Genest, tu ne sortiras pas de cette chambre avant de m'avoir accroché les talons au plafond. Madame n'est pas médecin pour rien. T'as la trouille? Je sais pas! C'est machin? Ton enfance? Ta maman? Ton papa manquant? Je sais pas! Mais ce que je sais est tellement simple que c'en est presque vexant. Je t'offre le choix entre une thérapie de trois ans et un tout petit losange bleu qui va te précipiter le sang jusqu'au bout du gland.

— Mais t'es en train de m'offrir du Viagra?

— Ben tiens donc! Il est pas tout à fait abruti, le bûcheron.

Il est tellement démuni qu'il veut y croire. Il la croit. C'est si simple qu'il s'abandonne. Il n'est plus question de volonté, de blocage et d'explication. Il a pris le cachet et s'est glissé, tout habillé, entre les draps bleus… comme les yeux de Claire.

— Je vais te dévêtir, vieux débris. Je sais que tu n'es plus Tarzan et qu'il me faut me contenter de beaux restes, mais j'aime bien le hachis Parmentier et le pain perdu.

Maintenant nu dans le lit, Olivier embrasse Claire qui goûte la carotte fraîche. L'effet du cachet bleu est redoutable. Claire plaque le taureau sur le dos et fait pleuvoir des boucles blondes sur le visage ruisselant d'Olivier. Elle se redresse, s'agrippe à la tête du lit et vient s'offrir à Olivier qui la boit. À chaque feulement de Claire, il perd cinq ans. Il a déjà reculé de trois vies quand elle s'assoit sur sa poitrine et se laisse glisser sur son ventre en accrochant sa langue à la sienne. Puis, pendant que la verge gonflée d'Olivier bat la mesure, elle lui mord délicieusement le cou. Olivier soulève le bassin comme on cherche de l'air. Claire lui refuse son sexe et dirige sa belle bouche vers le ventre d'Olivier.

— C'est inutile.

— C'est parce que c'est inutile que c'est beau.

Olivier éclate de rire. Il n'a plus peur. «Non mais, la science a tout de même du bon, maudite *marde*!»

— Au secours! Au secours! Au secours! Je t'aime!!!

Claire l'a presque mordu en pouffant. Elle relève la tête. Ses boucles blondes, sa peau si douce, son parfum qui ne la masque pas mais la révèle… Olivier arrive au monde en pleurant: c'est Elle!!!

— Je t'ai attendue toute ma vie, Claire Thiercy.

— Moi aussi, Olivier Genest.

La femme plonge dans les yeux de l'homme en lui ouvrant son cœur.

22

Claire et Olivier fusionnent, en plein consentement. Pour faire l'amour, il n'a déjà plus besoin de citrate de sildenafil. Le blocage était vraiment psycho machin. Bien sûr qu'il sent son déclin, mais il a encore de beaux restes. Olivier accepte les faits. S'il ne peut pas changer le monde, il va au moins le prolonger.

— Je veux des bébés.

— Combien, quinquagénaire avancé?

— Je sais pas compter jusque-là.

— Après trois jours, tu en es déjà là!

— Faux! Je me suis retenu de le dire pendant soixante-douze heures.

C'est qu'il va l'embarquer dans son délire! Elle n'a aucune envie de résister. Ils se voient, pendant l'été, sous le bon soleil charentais, se multipliant entre les bébés qui rient, les bébés qui tètent, la médecine en folie et La Famille en Fête.

☾

Ils n'ont même pas la pudeur de garder tout ça secret. Ils déconnent au moulin, sous le regard de Maude qui découpe le gigot. Elle va bien, l'adepte de Spinoza. *Baruch* se plaît maintenant dans l'autodérision affectueuse. Olivier a emboîté le pas et l'appelle aussi *Baruch*. C'est qu'elle écrit, la petite! Même que ça avance si bien qu'elle s'offre une soirée de délinquance. Elle aura moins dormi et *c'est pas pire que ça*. En servant les tomates provençales, elle les accompagne d'un condiment inattendu.

— J'aimerais bien avoir des enfants avec Noémie. Le problème, c'est qu'on veut toutes les deux être le père.

Le vieux maire, invité par Olivier, n'est pas habitué à un humour aussi cru. Il pique du nez dans les flageolets pour mieux rebondir, en vieux politicien aguerri.

— Il nous faut des enfants pour maintenir la petite école sur l'île. Comment dirais-je? « Croissez et multipliez-vous. »

Le père Bertrand leur sert sa salade biblique.

— Vous connaissez l'histoire d'Abraham et de Sara. C'était un couple de vieillards quand Dieu leur a proposé d'avoir un fils. Comment dirais-je? Croyez-vous que le plus grand miracle, ce soit cela? Qu'une vieille femme et un homme âgé mettent au monde un enfant? Pas du tout! Pour moi, le vrai miracle, c'est qu'ils aient été encore assez jeunes pour que le désir soit toujours présent. Oui, ils avançaient en âge, mais ils n'étaient pas vieux. Comment dirais-je? C'est le désir qui conserve la jeunesse.

— Le désir, ça se conserve comment?

— Par la foi, Maude. Bon! Ça peut être la foi en Dieu ou autre chose, mais c'est croire qui fait vivre. Si Janine était encore là, elle répéterait que je suis un curé qui a raté sa vocation. C'est faux! Mais c'est encore une autre histoire.

Pour conclure son homélie, le père Bertrand lève les yeux au ciel et se verse une longue rasade de bordeaux qui rend l'immanence si agréable.

— À plus de trente-six ans, je ne suis tout de même pas trop jeune pour avoir des enfants, monsieur le maire ?

Claire essaie de le relancer. Elle adore l'entendre se raconter. Si l'étrangère en avait le droit, elle voterait pour lui à la prochaine élection. Qu'est-ce qu'on est bête de mettre les vieux au rancart ! Il a raison. Tant qu'il y a le désir, on n'est pas un vieillard.

Il rit, mais n'accroche pas. Il craint toujours de finir par importuner. Elle ne lâche pas prise et plante une autre banderille.

— Pourquoi ne vous êtes-vous pas remarié ?

La gaffe ! Le père Bertrand se trouble. Il accuse le coup par un peu de Parkinson. Plus il secoue la tête, plus la banderille semble lui brûler la chair.

Olivier ne vole surtout pas au secours de son allié. Maude a trop de curiosité et de sens dramatique pour intervenir. Claire veut remettre le compteur à zéro.

— Je suis bien curieuse, pour une Vaudoise. Vous êtes resté fidèle à la mémoire de Janine, c'est très bien.

Elle craint que le vin ne plonge le vieil homme dans la nostalgie. Il avait eu tant de plaisir à leur ouvrir sa bible personnelle.

— Mais vous n'y êtes pas du tout, bon sang de bon sang !

Il a tapé sur la table. Une petite cuillère court sur le plancher. Maude se penche.

— Laissez ! Ça n'a pas d'importance.

C'est à elle qu'il vient de lancer un ordre. Il déconne, là, le vieux. Mais qu'est-ce qu'elle veut la suite. Et puis, c'est vrai qu'on s'en fout de la cuillère. Il a raison.

Il attrape la main de Claire et la retient tendrement dans ses grosses pattes.

— Si! J'ai aimé quelqu'un. J'ai aimé une femme avant, pendant et après Janine : la même, toujours la même. Pour ne pas aller seul à ses noces, j'avais demandé à ma voisine Janine de m'accompagner. Quand la Françoise a marié Bono, elle faisait une connerie, mais elle l'aimait. Lui aussi l'aimait. Ces deux imbéciles n'ont jamais compris qu'ils s'aiment. Bon! Ça, c'est encore une autre histoire. Comment dirais-je? J'ai épousé Janine parce que Janine m'aimait. Pendant quarante ans, elle m'a aimé sans vrai retour. Pourtant, quand le cancer l'a emportée, elle m'a remercié pour la vie que nous avions partagée. Jamais je n'ai autant réalisé combien elle était mieux que moi. Pas une fois, pendant près d'un demi-siècle, elle ne m'a fait sentir l'injustice qu'elle vivait. Je m'étais laissé aimer, je lui avais bu le cœur et elle mourait sans regret. Comment dirais-je? Elle lisait dans ma tête, en me tenant la main. J'avais été un bon mari, qu'elle me disait. Je ne pouvais pas lui donner ce que je n'avais pas. C'était elle qui voulait m'épouser. Elle avait raison. J'étais tellement anéanti par le mariage de Françoise que je l'avais laissée décider. Je peux vous affirmer aujourd'hui que j'ai drôlement bien fait. Non! C'est faux! Comment dirais-je? Je n'en suis pas si sûr, mais c'est encore une autre histoire. Après la mort de Janine, je suis venu vers la Françoise. Je l'aimais depuis la petite école. La première fois que je l'ai vue, elle jouait à la marelle avec Bono. Ils riaient. Tout de suite en l'apercevant, je l'ai aimée. Il faut moins de quatre secondes pour aimer. Sinon, c'est autre chose. Je savais que ce n'était pas partagé. J'ai offert à Françoise tout ce que je possédais. Elle aurait des vieux jours confortables. J'étais prêt à tout lui céder par contrat de mariage. Comment dirais-je? Je délirais sans limites. Elle m'a assassiné d'un trait, sans aucune méchanceté, avec toute la force que je lui ai toujours connue.

— T'es venu chercher ton cancer, Bertrand?

Elle a pris une petite Bible; la seule chose qu'elle a gardée de Bono en le quittant.

— Toi qui vas à l'église, tu dois connaître? C'est le *Cantique des Cantiques*: «Si quelqu'un offrait toutes les richesses de sa maison pour acheter l'amour, tout ce qu'il obtiendrait, c'est un profond mépris.» Je ne vais pas te faire ça, Bertrand. Ce n'est pas moi que tu aimes. C'est l'amour.

— C'est faux!

— Pourquoi as-tu épousé Janine?

— Parce que tu étais mariée avec Bono.

— Je ne vois pas le rapport.

— Le ciel m'est tombé sur la tête. Il n'y en avait pas, elle disait vrai. Je n'ai jamais été fait pour la vie de couple. Comment dirais-je? Je ne suis pas un curé manqué, mais je suis tout de même de la race des curés. C'est de m'occuper des autres qui me rend heureux. Ils le sentent, les gens. Pourquoi vous croyez qu'ils réélisent un vieux débris, sans réelle opposition? Mais c'est encore une autre histoire. Elle avait pas tout compris, elle non plus, la Françoise. Ce n'est pas l'amour que j'aime. Ce que j'aime, c'est aimer.

Maude se lève, se penche sur le vieil homme et fait péter le silence. Un énorme bisou a percuté la joue poilue de l'Aixois.

— Méchant monologue! Méchant malade! Méchante soirée! Je vais vous immortaliser avant le chant du coq!

Maude n'a plus qu'une hâte: que la soirée s'achève. Qu'on la laisse dormir trois heures avant de plonger sur son clavier.

Quand elle écrit, parfois Maude s'immobilise. Qui écrit? Qui regarde ses doigts qui bougent sur le clavier? Quand ses yeux courent sur les lignes, qui lit?

Avant de libérer la main de Claire, le père Bertrand a souri.

— Vous, c'est comme Françoise pour Bono. Je sais maintenant que c'était surtout son regard sur lui que j'aimais. Je désirais les mêmes yeux posés sur moi. Pendant la tempête du millénaire, au nettoyage de la place d'Austerlitz, j'ai vu la même lumière sur Olivier. Ça venait de vous.

Le Québécois intervient.

— Vous auriez peut-être pu me renseigner!

— Olivier! Vous le saviez! Il a fallu un peu de temps pour que vous ayez le courage de le croire, c'est tout. Comment dirais-je? Ce n'est pas facile d'accepter qu'un rêve puisse se réaliser, quand on a abandonné l'idée même de rêver.

— Vous auriez tout de même pu m'aider?

— Oh que non! Tout au plus, j'aurais pu vous nuire. Tiens! J'ai une petite histoire pour vous, l'écrivain.

— Vaine.

— Pardon?

— Chez nous, on dit écrivaine.

— Bon! Bon! On n'est pas chez vous. Vous voulez mon histoire ou un débat sur la langue française?

— Allez-y pour l'histoire, je poursuivrai votre éducation une autre fois.

Claire et Olivier s'en mêlent.

— L'histoire! L'histoire! L'histoire!

— Comment dirais-je? Il s'agit d'un homme qui aperçoit un cocon dans lequel un trou s'élargit lentement. Il s'approche. Dans sa grande bonté, il décide d'aider la chenille à devenir papillon et agrandit l'orifice. Vous voyez la suite. Ce n'est pas un beau papillon qui apparaît. Une bestiole malingre s'élève péniblement, retombe et meurt sans avoir volé.

— Il faut souffrir pour être beau, quoi!

— Pas du tout! Et vous le savez, Maude! Il faut laisser le temps au temps.

☾

Quelques minutes plus tard, un vieux marin tangue sur son vélo en longeant les remparts. Le père Bertrand aime tellement la vie ! Pour ne pas la gâcher, il a même accepté de mourir. Avant de franchir la grille de son jardin, il pose sa bécane, se tourne vers la mer et ouvre sa braguette. L'ancien médaillé d'or, le plus long jet de l'île d'Aix a pissé dans les flots mille fois ; et même soixante-dix fois sept fois mille fois. Hélas ! On ne peut pas être conscient de tout. C'est le pantalon détrempé que le prostatique referme la porte de la petite maison. En baissant son froc, il constate.

— Tiens ! Il pleut.

Il se dévêt lentement pour ne garder qu'un gilet et un caleçon qu'il porte depuis deux courtes semaines. Il s'agenouille au pied du lit. Le vieux petit garçon récite trois *Ave* et un acte de contrition. On n'est jamais trop prudent. Il se réfugie sous la couette un peu humide et tourne le dos à Janine, comme il l'a fait toute sa vie. Il sait bien qu'elle n'est plus là. C'est par respect qu'il poursuit le manège. C'est elle qui a gagné, Janine. Elle est tellement généreuse qu'elle l'entraîne dans sa victoire. Il ne sait pas où s'en va le bateau de la vie, mais il a appris une chose. Ça, il en est certain. Un être qui ne peut pas aimer, c'est un radeau qui a fait naufrage. Oui, elle est morte d'un cancer et il est toujours vivant. Il voudrait bien conclure que c'est elle, la naufragée, mais il ne peut pas. Une question l'en empêche : pourquoi a-t-il l'impression que c'est encore elle qui lui vient en aide ?

☾

La maison d'Olivier respire le calme. En faisant de la lumière dans les toilettes, Claire sourit. Olivier lui a raconté les WC quasi porno de son adolescence. Il a installé un mini kiosque à journaux dans ceux-ci : *Le Monde, Le Figaro, Libé, L'Express, Le Point, L'Événement du Jeudi* et le *Sud-Ouest*. Elle prend *Le Figaro* qu'elle ne lit jamais. La photo la cloue sur place : c'est Ouriel. Il lui semble tellement démuni. Elle lit : « Il ferait des miracles ! » Quelle horreur ! Ils vont le lui tuer. Salauds de moines ! Ils ne l'ont pas protégé : un oiseau pour le chat ! Un pèlerinage s'organise pour la messe de dimanche. Mais on délire, là ! Elle part tout de suite pour La Ferté, c'est tout. Comment quitter l'île en pleine nuit ? Le père Bertrand est responsable du *Pierre Fleury*. La vedette est là pour les urgences. C'en est une. Il va la conduire à Fouras. Sa voiture y est stationnée. Oui, ça peut se jouer. Elle ramène son petit frère ici et puis voilà. On verra pour la suite. Quand Claire entre dans la chambre, Olivier est réveillé.

Il a peur de sa tête de catastrophe.

— Qu'est-ce qui ne va pas ?

Elle se résume en s'habillant. Mais c'est lui qui gagne la course. Il est prêt avant elle. Pas de discussion ; ils n'en ont ni le temps ni l'envie.

— Cinq minutes !

Olivier imprime le trajet par Internet. Il leur faudra un peu moins de huit heures.

Maude rapplique.

— Mais voulez-vous bien me dire ce qui se passe ?

Au bout d'une phrase d'explication, elle interrompt Claire.

— Je viens avec vous !

La curieuse juge que ça vaut une interruption d'écriture. Elle va trouver là du matériel tout à fait neuf : monastère et compagnie, elle ignore.

❪

Le père Bertrand ne comprend qu'une chose : ils n'ont pas de veine ; c'est la marée basse. On ne peut pas sortir. Il faut attendre le premier bac à sept heures : marée oblige.

Ils passent le reste de la nuit à écouter Claire : Ouriel, sa mère, l'enfance de son père, leur fric et la chance qu'elle a d'avoir trouvé cette île… et Olivier. Elle revient tout le temps sur Ouriel. L'enfant si exceptionnel, si doux n'avait pas de véritable ami. Les autres le singularisaient tout le temps. Elle détestait l'idée d'en être séparée, mais avait presque compris pourquoi il se réfugiait dans un monastère. Le monde n'avait rien à lui offrir et ne prendrait rien de lui. Mais là, quelque chose changeait. Elle n'aimait pas. Elle s'en foutait qu'il fasse des miracles ou pas. S'ils voulaient le garder, ils n'avaient qu'à le protéger. Il serait bien sur l'île d'Aix. La petite église Saint-Martin lui plairait. Jean-Paul l'emmènerait travailler à sa vigne. L'été, il pourrait se retirer au chalet de son père à Château d'Oex, en montagne : une sorte de retraite pour fuir les touristes. Thomas serait tellement content de le retrouver. Il s'intéresserait peut-être à Terre des Hommes ! Non ! Personne ne ferait de son petit frère une icône qu'on prie pour obtenir des faveurs. Jamais ! Ce n'était pas négociable.

Pour Olivier, l'histoire se répète. Il y a eu les enfants de Monique. Voici que le petit frère de Claire vient se joindre à la famille avec sa sœur maman. L'orphelin, qui a aussi perdu son papa Marcel à cinq ans, juge que le cercle familial prend des proportions inusitées.

❪

Un peu avant huit heures, c'est dans la Land-Rover d'Olivier qu'ils s'éloignent de Fouras. Ils roulent en silence.

☾

Il est près de quinze heures quand ils prennent la sortie 26 Chalon Sud, sur l'autoroute A6. La pluie a cessé. Elle les a ralentis. Une demi-heure plus tard, ils sont en face de l'abbaye de La Ferté. La beauté du lieu calme un peu Claire.

Mais en avançant, elle aperçoit un illuminé en robe grise entouré de pèlerins. Elle s'immobilise. Oui! Ils parlent de son frère! La rage au cœur, elle voit une porte ouverte et fonce.

☾

En pénétrant dans le magasin du monastère, Olivier se retrouve à Oka: la même ambiance, la même lumière, les mêmes moines vêtus de noir et blanc. Pourtant, jamais personne n'a sauté sur lui comme cette vieille dame.

Martine Schaub, une habituée des lieux, ne comprend pas.

— Dom Gilbert!

⁻ Pardon?

— Père abbé, qu'est-ce qui se passe?

Il est agacé.

— Comment ça, Père abbé? J'suis pas Père abbé *pantoute*!

L'accent québécois finit par déstabiliser la vieille Bourguignonne. De plus, elle a l'impression de connaître la femme blonde qui l'accompagne. Elle balbutie des excuses et revient à la caisse, vers frère Égide.

— Ce n'est pas lui. La ressemblance est vraiment surprenante.

Claire la suit, accompagnée d'Olivier. Maude reste en arrière pour saisir la scène dans son entier. Pour ne pas lui sauter au visage, Claire regarde la robe du moine. Elle veut voir son frère. Que doit-elle faire? Il faut passer par frère Jean-Daniel, le Père maître. Frère Égide accepte de le biper. Olivier le regarde avec étonnement sortir un téléphone portable de sous son scapulaire. Il ne reste plus qu'à attendre l'appel.

☾

Frère Égide a prévenu frère Jean-Daniel. Le visiteur qui accompagne la sœur de frère Ouriel est le sosie du Père abbé. Le maître des novices, qu'on appelle aussi Père maître, comprend tout de suite.

— Vous avez lu *Le Figaro*?

Claire tremble de colère.

— Où est-il?

Il la rassure.

— Ne vous inquiétez pas, il n'est plus ici.

Il les amène à l'hôtellerie et leur offre un café. Comme elle est belle, la grande sœur de son petit novice.

— Oui, vous avez raison. Nous avons commis une erreur.

Claire n'a rien à faire de sa contrition.

— Où est-il?

— Il est parti après le déjeuner. Le prieur le conduit en Suisse.

— Chez papa?

— Non, pas chez votre père.

Claire se lève et regarde Olivier et Maude.

— Allez! On part pour la Suisse. Et on le ramène sur l'île d'Aix.

Le moine devient suppliant.

— Je vous en prie, écoutez-moi cinq minutes, madame.

— Cinq!

— Je ne crois pas que l'île d'Aix soit une bonne idée, on l'y rattraperait. Vous avez vu l'énergumène en robe grise qui excite tous ces pauvres gens. Il est de Rochefort. Ouriel ne pourrait pas être tranquille là non plus. Dom Gilbert, notre Père abbé, a suggéré de l'envoyer à la chartreuse de la Valsainte, en Suisse, dans le canton de Fribourg, je crois. À la Valsainte, il sera inatteignable. C'est l'ordre religieux le plus impénétrable de l'Église, les Chartreux. Vous aurez beau vous rendre là-haut, même vous, sa sœur, vous ne pourrez pas le voir.

Épuisée, impuissante, Claire éclate en sanglots.

Le moine s'excuse de ce qui est arrivé, invoque l'ignorance, l'imprudence, la surprise de la découverte des dons de guérisseur de son frère… et le travail de Satan, le Diviseur.

Claire ne l'écoute plus. Elle n'entend plus personne.

Le moine s'adresse à Olivier.

— Écoutez, pourquoi ne vous reposeriez-vous pas ici? Il reste des chambres à l'hôtellerie: frère Gratien en garde toujours pour les urgences.

L'habitué d'Oka en a envie. Maude fait signe que oui. Et Claire a lâché prise.

❰

Avant de les laisser dans leur chambre, frère Jean-Daniel s'adresse encore à Olivier.

— Vous ressemblez à notre Père abbé comme un jumeau.

— J'ai peut-être bien de la famille en France. Je pourrai le voir ?

— Il est à l'étranger. Tiens ! Justement dans votre pays.

☾

Claire s'est calmée ; c'est vrai que le lieu est apaisant.

Après l'office des complies, en début de soirée, le couple fait la bise à Maude, qui dormira dans la chambre voisine.

Olivier referme la porte et se laisse tomber sur le lit.

— Je suis crevé !

Claire se dévêt. Mon Dieu qu'elle est belle ! Olivier a droit à son petit miracle : même quand il ferme les yeux, il la voit. Il a des yeux partout : dans le nez, sur la langue, dans les mains… Le troisième œil n'est pas du tout au milieu du front : plus bas, encore plus bas. Oui, c'est ça. Ah ! Il remonte !

— Olivier, je veux un bébé.

— Allongez-vous, docteur.

☾

Les murs de l'hôtellerie ont des oreilles, tant ils sont minces. Maude sourit. Les mêmes bruits de gorges produisent les mêmes effets. Elle pose la main sur son ventre et laisse doucement glisser ses doigts.

Montréal, le 8 novembre 2003

Remerciements

Quand j'étais petit, les religieuses demandaient souvent un coup de main. À la fin du travail, elles disaient : « Merci. » On appelait ça un *paiement de sœurs*.

Voici ma liste de paye.

Normand de Bellefeuille
Anne-Marie Villeneuve
Diane Martin
Marie Rodrigue
Garance Mousseau Maltais
Yvon-Joseph Moreau
Jacques Bert
Jacques Hains
Pierre Gagné
Doris Milmore
Valérie Costa
Monique Pratte
Maxime Bouffard
Paul Buissonneau
Et toute l'équipe de Québec Amérique… où je suis si bien.

Une autre série de remerciements s'impose.

À Sylvie, qui m'a présenté l'île d'Aix. À Régine, Thérèse, Stéphanie, Jean-Pierre, Nicole, Catherine, Julie, Jean, Jacqueline, Gigi, Jean-Claude, Guillaume, Renée, André, Annie, Marius, Marinette, Daniel, Georges, Joël, Alain, Christian. Aux Aixoises et Aixois.